HUFREHE

HUFREHE

VORBEUGEN
ERKENNEN
BEHANDELN

von
Anke Rüsbüldt

Der Verlag macht darauf aufmerksam,
daß alle in diesem Buch beschriebenen
Behandlungen unter Aufsicht eines
Tierarztes oder eines erfahrenen Heil-
praktikers durchgeführt werden sollten
und lehnt deshalb jegliche Haftung für
eventuelle Unrichtigkeiten ab.

Cadmos Verlag GmbH Lüneburg
Copyright © 1998 by Cadmos Verlag
Gestaltung: Ravenstein Brain Pool
Titelfoto: Cornelia Koller
Druck: Grindeldruck, Hamburg
Alle Rechte vorbehalten.
Abdrucke oder Speicherung in elektronischen
Medien nur nach schriftlicher Genehmigung
durch den Verlag.
Printed in Germany

ISBN 3-86127-324-1

INHALT

DANKSAGUNG

Danken möchte ich allen, die zum Gelingen dieses Buches beigetragen haben. Insbesondere Frau cand. med. vet. Christina Herbst für die durchgeführte Literatursuche, Herrn Dr. Gerhard Assmann, Tierklinik Opfenbach, und Frau Elke Martens-Kaiser, Firma Kaiser Hufrehabilitation, für die zur Verfügung gestellten Fotos. Frau Ursel Heuer danke ich für die angefertigten Zeichnungen.

Einige Worte zuvor

Hufrehe ist ein seit Jahrhunderten bekanntes und dennoch auch heute noch immer wieder scheinbar überraschend auftretendes Phänomen.

Bereits bei Aristoteles findet eine Erkrankung Erwähnung, die mit unserer Hufrehe identisch zu sein scheint. Im Buch „De medicina equorum" vom Stallmeister Friedrich des I., Jordanus Rufus, ist die Hufrehe als solche mit ihren Veränderungen und Behandlungsmöglichkeiten beschrieben (13. Jahrhundert). Obwohl diese Erkrankung quasi „immer schon" vorkommt und auch umfassend untersucht und beschrieben wurde, ist das Thema heute noch in Fachkreisen umstritten.

Es gibt verschiedene Auslöser und unterschiedliche Theorien zur Krankheitsentstehung. Therapiehinweise sind zum Teil exakte Gegenteile von andernorts durchgeführten Therapien - beides natürlich die einzig richtigen Erfolg versprechenden Methoden. Historisch wechseln die Empfehlungen, Kälte oder Wärme, Trachten hoch oder kurz, alles ist vertreten. Und immerschon und immernoch gibt es Rehepatienten, denen nicht zu helfen ist und bei denen jeder Therapieversuch die Qualen nur verlängert. All das wird sich natürlich auch durch dieses Buch nicht ändern, aber vielleicht hilft es dem einen oder anderen Pferd, wenn sein Mensch es besser versteht, eher selber entscheidungsfähig ist und vor allem fit ist in Vorbeuge und Früherkennung dieser stark schmerzhaften Erkrankung. Und stark schmerzhaft ist sie, da ist sogar die Literatur einig.

Es gibt nebeneinander Abhandlungen über Hufrehe als Erkrankung der Huflederhaut und solche über Hufrehe als Allgemeinerkrankung mit typischen Veränderungen an den Hufen.

Im Laufe des Buches werde ich häufig auf die isolierte Betrachtung des Hufs zu sprechen kommen, da eben hier die deutlichsten Symptome in diesem Krankheitsbild auftreten. Eine immer vorhandene gegenseitige Beeinflussung von Huf und „Resttier" ist natürlich vorhanden, und eindeutige Zusammenhänge werden auch dargestellt. Genauer erläutert wird aber überwiegend die Veränderung direkt am Huf.

Ich hänge dennoch der Theorie an, daß es sich um eine Erkrankung/ Entgleisung des Organismus handelt, deren spezielle Auswirkungen

an den Hufen zutage treten. Bei der als mechanisch definierten Rehe-Entstehung mag das nicht zutreffen.

Die Erkrankung entsteht aufgrund verschiedener Auslöser in aller Regel recht schnell, häufig innerhalb von nur vierundzwanzig Stunden. Akut an Hufrehe erkrankte Pferde zeigen eine unübersehbar deutliche Symptomatik. Früherkennung ist notwendig, denn ein möglicher Therapieerfolg hängt immer entscheidend vom sofortigen Therapiebeginn ab.

Die mit einer Hufrehe für das Pferd verbundenen Schmerzen reichen im Grad von deutlich bis unerträglich und sind schwierig in den Griff zu bekommen. Folgeschäden entstehen fast immer, und nicht selten führen sie zur dauernden „Unbrauchbarkeit" oder zum Ausschuhen.

Die Unbrauchbarkeit steht ausdrücklich in Gänsefüßchen, da es für fraglich gehalten werden muß, inwieweit eine nicht mehr vorhandene Reitbarkeit oder ein nicht mehr möglicher Einsatz im Sport über die Lebensberechtigung unseres Pferdes entscheiden. Veränderungen nach oder während einer Hufrehe können allerdings so gravierend sein, daß auch ohne „Brauchbarkeit" ein weiteres Leben für das Pferd nur unter Schmerzen möglich ist und so für uns wie für das Pferd selbst als nicht mehr lebenswert erscheint.

Dieses Buch möchte seinen Lesern in erster Linie helfen, das Phänomen Hufrehe zu verstehen. Mit einem soliden Verständnis der Anatomie von Pferdezehe und Huf, einem Einblick in die Entstehungsmöglichkeiten der Hufrehe und der Kenntnis der wichtigsten Symptome dieser Erkrankung sollte es dann möglich sein, das Entstehen der Hufrehe möglichst ganz zu vermeiden, eine dennoch aufziehende Hufrehe rechtzeitig zu erkennen und chronisch erkrankten Pferden zu helfen. Einige Ansätze der Hufrehebehandlung werden vorgestellt und diskutiert, so daß auch der Besitzer eines akut kranken Pferdes hier Erklärungen und Hilfestellung findet.

Hat Ihr Pferd bereits eine Hufrehe gehabt, regelmäßige Reheschübe hinter sich oder „nur" eine Veranlagung zu Stoffwechselproblemen, finden Sie Hinweise zum Umgang mit dieser Vorbelastung, Möglichkeiten zur Erleichterung, zum Beispiel durch Spezialbeschläge, zur Ernährung und zur Vorbeugung weiterer Schübe.

Versuchen Sie Ihrem Pferd mit Verständnis zu begegnen und seien Sie in der Lage, vermeidbare Schäden rechtzeitig abzuwenden, entstehenden Schäden wirkungsvoll zu begegnen und entstandenen Schäden realistisch gegenüber zu stehen. Als Besitzer, Pfleger, Reiter oder „nur" liebender Mensch tragen Sie die Verantwortung für das Wohlergehen Ihres Pferdes.

Hierzu gehört letztlich auch, sich gerade im Rahmen einer solchen stark schmerzhaften Erkrankung damit auseinanderzusetzen, welche Therapiemaßnahmen und lebenserhaltenden Vorgehensweisen mit Lebensqualität und Tierschutz vereinbar sind. Namhafte Tierärzte, auch Fachtierärzte für Pferde mit langjähriger Erfahrung, raten zum Teil bei akuten, schweren Reheerkrankungen zur baldigen Erlösung des Patienten, um den Pferden längere, schmerzhafte und leider oft erfolglose Therapieversuche zu ersparen. Niemand will und wird eine derartige Entscheidung leichtfertig fällen oder zu ihr raten. Beurteilbar werden die Zusammenhänge erst aufgrund von ausreichender Sachinformation.

Von dem Pferdefreund wünsche ich mir, daß er dieses Buch liest, etwas davon behält und sich nicht am Ende ärgert, es zur Hand genommen zu haben. Den kritischen Fachkollegen unter meinen Lesern bitte ich um Nachsicht, wenn einige Fakten vereinfacht dargestellt sind, es sollte der Übersichtlichkeit dienen, denn dieses Buch ist in erster Linie für Freizeitpferdefreunde geschrieben, nicht so sehr für Kollegen und Studierende. Der Koryphäe danke ich für den Erwerb dieses Buches und freue mich auf konstruktive Kritik.

Beginnen wir.

HUFREHE - EIN TYPISCHES PROBLEM

Die Hufrehe kommt an den Vorderbeinen bei dicken Ponys auf fetten Weiden und im zeitigen Frühjahr vor. So oder ähnlich steht es zumindest in mehreren Reiterbüchern und Naturheilkunde-Ratgebern. Ist ja auch richtig. Hufrehe als sogenannte Eiweißrehe kommt häufig bei zu dicken Ponys, häufig an beiden Vorderbeinen und häufig im Frühjahr vor. Das bedeutet aber nicht, daß alle Pfleger und Besitzer von schlanken Ponys, Islandpferden, Quarterhorses, Vollblütern, Warmblütern, Arabern oder Spaniern dieses Buch jetzt enttäuscht (oder erleichtert?) in die Ecke werfen sollten. Man wirft sowieso nicht mit Büchern.

> *Hufrehe kommt zu allen Jahreszeiten, bei allen Rassen und aus unterschiedlichsten Gründen vor ! Hufrehe kann an beiden Vorderbeinen zugleich, an allen Vieren, nur hinten oder auch nur an einem Bein entstehen!*

Bevor wir uns näher auf die verschiedenen heute beschriebenen Auslöser der Hufreheerkrankung konzentrieren, möchte ich einen Absatz aus dem 1852 in 11. Auflage erschienenen Buch „Der sicher und geschwind heilende Vieharzt" von F. Fischer zitieren, in dem diese Erkrankung bereits ziemlich treffend beschrieben ist. Dort heißt es: *„Von der Rehe oder dem Verfangen: So wird jene Steifigkeit genannt, die sich am gewöhnlichsten an den vorderen Gliedern der Pferde einfindet, und, im Hufe ihren Sitz hat. Die Ursache ist meistens eine plötzliche Erkältung, wenn zum Beispiel ein Pferd stark gejagt wird und es darauf sogleich ins Wasser reitet; oft auch zu viel Ruhe bei guter Fütterung und manchmal ungeschicktes Beschlagen..."*

Vor über hundert Jahren hatte man durchaus schon verschiedene Entstehungsmöglichkeiten erkannt. Auch die Behandlungshinweise aus dieser Zeit sind interessant, doch dazu einige Kapitel später.

Heute beschreibt man die lokalen (lokalen = örtlich beschränkten, im Gegensatz zu allgemeinen) Veränderungen als Entzündung der Huflederhaut, als sogenannte pododermatitis aseptica diffusa oder, aus dem

Englischen schlicht als Laminitis. Als Ursachen werden einerseits innere, also Vergiftungs- und Stoffwechselerkrankungen geltend gemacht, andererseits äußere wie Überbeanspruchung, Überlastung oder Beschlag.

Das krankmachende Prinzip ist bei allen Stoffwechselveränderungen und Vergiftungen im weitesten Sinne (alles ist giftig, das ist nur eine Frage der Dosis) dasselbe, die akuten Veränderungen sind gleichartig, aber von unterschiedlicher Schwere.

Eine Hufrehe durch Überlastung funktioniert vermutlich etwas anders, da sie sich in der Art der Folgeschäden unterscheidet.

Ursachen im Stoffwechsel, in der Ernährung und Vergiftungen im weitesten Sinne

Heute am häufigsten ist die bekannte *Eiweißrehe*. Sie entsteht vermutlich durch ein Zuviel an Eiweiß in der Grundration. Hierbei ist das Verhältnis von Eiweiß zu Rohfaseranteilen entscheidend und nicht allein die absolute Menge an Eiweiß. Der größte Teil aller heute in Deutschland gehaltenen Pferde bekommt zuviel und im Verhältnis zu eiweißreich zu fressen. Daraus entsteht auch die Annahme, Hufrehe sei eine Wohlstandskrankheit.

Natürlich entsteht bei ohnehin zu eiweißreich gefütterten Pferden eine Eiweißrehe eher, zum Beispiel beim „gut" gefütterten Warmblut zum Teil schon mit nur dreißig Minuten Weidegang im Frühjahr. Ebenso entsteht eine Eiweißrehe leicht bei Pferden mit sehr niedrigem Eiweißbedarf, da hier einfach die kritische Grenze leichter erreicht ist. Das sind dann vor allem Ponys und kleine Pferde (die kriegen nämlich gerade rauhfaserarmes Futter genauso schnell gegessen wie die großen, brauchen aber weniger). Nahezu nie kommt eine Eiweißrehe bei wachsenden Pferden oder säugenden Stuten vor. Hier ist der Eiweißbedarf so groß, daß eine Überversorgung - auch bei nur einem ganz kleinen bißchen Nachdenken - in der Fütterung bereits ausgeschlossen ist. Niemand kann von seinem Pferd erwarten, daß es auf guter Weide oder über der Hafertonne zu fressen aufhört, wenn es genug Eiweiß eingefahren hat. Satt fühlt es sich nämlich erst, wenn es hinreichend Rohfaser aufnehmen konnte. Manche sind „vernünftig" genug, beigegebenes Stroh auf der Frühlingsweide zum Ausgleich zu fressen, die meisten aber kennen in dieser Hinsicht keine Vernunft, und einige gibt es, die werden nie satt - zumindest sieht es so aus.

Bei übermäßiger Aufnahme von frischem Klee oder Luzerne wird diskutiert, ob eventuell enthaltene östrogen-ähnliche Substanzen über *hormonelle Veränderungen* zur Auslösung einer Hufrehe führen. Möglicherweise können auch sonst hormonelle Unausgeglichenheiten bei dauer-rossigen oder nie-rossenden Stuten einen Rehe auslösenden Effekt haben. Dies ist bisher nicht sicher bewiesen, aber häufiger beobachtet worden. Möglich ist natürlich auch, daß ein unbekannter Dritter sowohl den Zyklus stört, wie die Hufrehe auslöst.

Übermäßige Aufnahme von Getreide, vor allem Mais, Gerste oder Weizen (Hafer eher nicht) kann über einen anderen Mechanismus zu Hufrehe führen. Die plötzlich reichlich im Blinddarm vorhandenen *Kohlenhydrate* verändern die Zusammensetzung der gesunden Darmbakterien, so ab 16 Stunden, nachdem unser Pferd gegen unseren ausdrücklichen Wunsch unerlaubt die Futtertonnen geleert hat. Milchsäurebildende Bakterien und Kok-

ken (kleine runde Bakterien) werden plötzlich mehr. Die von diesen gebildete Milchsäure zersetzt fremde Bakterienwände und macht die Darmwand durchlässiger. Diesen Weg durch die Darmwand ins Blut gehen nun Milchsäure und Endotoxine (giftige Teilchen, die vorher in den Bakterien im Darm waren und niemandem geschadet hätten). Sie führen zur inneren Vergiftung, zur Endotoxämie, und lösen eine Hufrehe aus. Ähnliches kann bei schweren Koliken oder als Folge von Durchfallerkrankungen passieren. Im Anschluß an Koliken und Schlundverstopfungen gibt es - zum Glück selten - die so genannte Kolitis, eine Art Darmentzündung, die für sich schon lebensgefährlich sein kann, aber eben auch zur Hufrehe führt. Ebenfalls beschrieben wird ein Hufreheanfall nach schneller Aufnahme *größerer Mengen kalten Wassers*. Genauere Zusammenhänge oder ein Wirkprinzip werden nicht erläutert, aber der Autor dieser Veröffentlichung versäumt nicht, darauf hinzuweisen, daß Pferde ohnehin, wenn sie erhitzt sind, besser in kleinen Schlucken getränkt werden sollten. *Vergiftungen*, die direkt zur Hufrehe führen, sind beschrieben nach dem übermäßigen

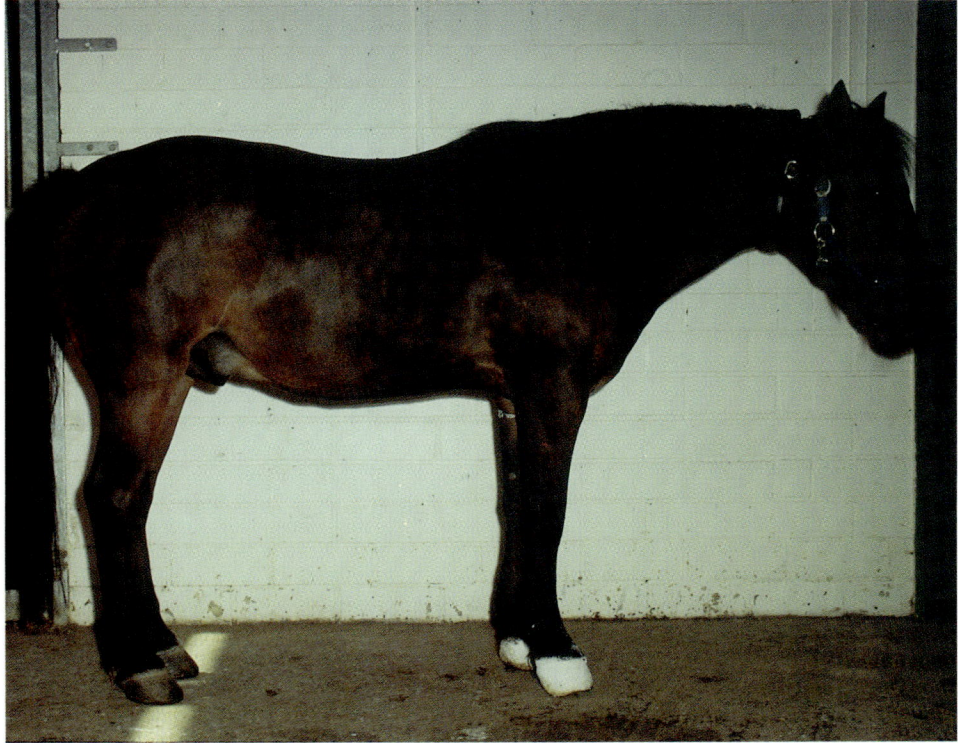

Warmblutwallach mit Rehegipsen an beiden Vorderhufen   Foto: Assmann

Genuß von Wicke, falscher Akazie oder Eicheln (der Menschenverstand gebietet, wenn man das einmal erlebt hat, sein Pferd im nächsten Jahr zur eichelreichen Zeit unter andere Bäume zu stellen). Ebenfalls genannt werden Rizinus und Herbizide. Eine Untersuchung beschreibt Hufrehe infolge von Klapperschlangenbiß.

Dann gibt es Beschreibungen zahlreicher Fälle von Hufreheerkrankungen ohne erkennbare Ursache. Hier findet sich beim Nachfragen häufig im Vorbericht eine Atemwegsinfektion vor etwa vierzehn Tagen. Ob hier eine Ursache liegen könnte, kann nur vermutet werden, bewiesen ist es nicht.

Einen belegbaren Zusammenhang gibt es bei Geburtsproblemen. Bleibt die Nachgeburt in der Stute, kommt es hier - wie beim Darm bereits beschrieben - zu Zersetzungen und zur Aufnahme von Giftstoffen aus dem Uterus. Das Phänomen nennt sich Nachgeburtsverhaltung. Die hieraus entstehende Hufrehe ist immer schwer! Als Trost ist zu sagen, daß schon sehr viel Sorglosigkeit und Inkompetenz am Werk sein müssen, hier etwas zu übersehen. Die eingesperrte Stute gehört während und um die Geburt herum gut überwacht (ist ein Unterschied zu ständig gestört). Die Nachgeburt soll nach spätestens sechs Stunden abgegangen sein und auf Vollständigkeit überprüft werden. Stimmt etwas nicht, ist sofort tierärztliche Hilfe zum Ablösen der Nachgeburtsreste und für eine zeitige Rehe-Prophylaxe nötig. Rücksichtsvolles Warten bis zum nächsten Morgen ist unangebracht und wird vermutlich auch von Ihrem Tierarzt nicht gelobt. Darüber hinaus kann und sollte man ohnehin die Körpertemperatur der Stute kontrollieren, weil man auch dann schnell merkt, wenn „etwas nicht stimmt". Draußen gehaltene Stuten sind schlechter zu überwachen. Entweder kennt hier der Besitzer seine Tiere gut genug um sofort Unstimmigkeiten zu bemerken oder, es funktioniert eben naturnah nach dem Motto: „Fressen und gefressen werden." Geburtskomplikationen bei Robustpferden sind zum Glück selten, kosten aber, wenn sie auftreten, häufig Stute und Fohlen das Leben.

Eine weitere Art Vergiftungsrehe kann nach hochdosierten Depot*kortikoiden* entstehen.

Die Belastungsrehe

Die *Belastungsrehe* entsteht nach dem Beschlag oder einem zu kurzen Ausschneiden in beschriebenem aber nicht bewiesenem Zusammenhang.

Nach langen Ausritten oder deutlicher nach (meist unbeabsichtigten) längeren Galoppaden auf betoniertem oder asphaltiertem Untergrund kann eine Hufrehe an allen vier Beinen entstehen.

Häufig tritt eine Belastungsrehe einseitig auf, wenn das gegenüberliegende Bein erkrankt ist. Ursachen hierfür können dramatisch sein, zum Beispiel eine ruhig gestellte Fraktur, die die alleinige Belastung des gegenüberliegenden Beines erfordert. Oder harmlos: eine starke Prellung der Lederhaut auf einem Bein läßt das Pferd, um den Schmerz zu vermeiden, ausschließlich das andere Bein belasten. Die dauernde Gewichtsbelastung kann innerhalb weniger Tage auf dem tragenden Bein zur Hufrehe führen. Wird überraschend das ursprünglich kranke Bein wieder belastet, zeigt dies nicht unbedingt, daß es schnell geheilt ist, sondern vielmehr, daß das bisher gesunde Bein durch die entwickelte Hufrehe noch stärker schmerzt.

Bei einseitiger Belastung muß immer gut auf das gegenüberliegende belastete Bein geachtet werden, mindestens ist es zu bandagieren. In schwierigen Fällen bei schweren Pferden kann man über eine Entlastung durch Aufhängen (nicht Erhängen!) nachdenken.

Eine Belastungsrehe kann auch nach längeren Transporten oder nach einem Distanzritt entstehen.

Grundsätzlich darf angenommen werden, daß Hufrehe durch mehrere Faktoren entsteht, das bedeutet, der „schlecht" gestellte Huf reagiert empfindlicher. Ebenso beim zu fetten Pferd. Die gleiche Menge eines Auslösers kann so bei einem Pferd, das prädestiniert ist, Hufrehe auslösen, bei einem anderen nicht.

AUSFLUG IN DIE ANATOMIE DER ZEHE

Das wird jetzt erst mal ein etwas trockenes Kapitel, aber ein bißchen Sachinformation über den Bereich, von dem gesprochen wird, ist nötig. Kenntnisse der Anatomie helfen vielleicht auch bei vielen anderen Dingen, die mit unseren Pferden so gemacht werden, und eventuell gelingt es ja sogar, eine gewisse Faszination zu vermitteln.

Die ja im Verhältnis zum Körper relativ dünnen Beine sind schließlich in der Lage, unglaublichen Belastungen standzuhalten. Sie tragen zu viert das Körpergewicht von bis zu achthundert Kilo. Ein normaler Warmblüter bringt etwa 550-600 Kilo auf die Beine! Und sie halten es nicht nur, sie bewegen es auch und fangen es auf!

Im Galopp zum Teil auf nur einem Bein und mit erheblichem Tempo wird eine Kraft von mehreren 1000 Newton aufgefangen.

Beim Springen biegt zum Teil der Fesselkopf fast bis zum Boden durch und federt und hält stand. Unglaublich, oder?

Die Genialität der Konstruktion Pferdebein geht so weit, daß ein Pferd im Stehen nahezu ohne Kraftaufwand schlafen kann, ohne umzufallen. Wir würden bei nachlassender Muskelkraft sofort zusammensinken.

Dem Pferd ermöglicht dies die sogenannte passive Stehvorrichtung, ein Zusammenspiel von Sehnen und Bändern, die an jedem Gelenk auf Streck- und Beugeseite ein Kräftegleichgewicht aus Zug und Druck herstellen - bei entspannter Muskulatur. Muskulatur hat ein Pferd sowieso nur noch am Arm, die Zehe wird von den Endsehnen dieser Muskulatur bestimmt.

Betrachten wir die Vorder-Extremitäten von Pferd und Mensch im Vergleich, geht es uns nur um den Teil vom Handgelenk zur Fingerspitze des Mittelfingers. Unser Handgelenk entspricht dabei dem Vorderfußwurzelgelenk, Karpalgelenk oder Vorderknie des Pferdes. Die Knochen sind ähnlich. Unseren Mittelhandknochen entspricht der Röhrbeinbereich des Pferdes. Der zum Mittelfinger gehörende Mittelhandknochen wird zum Röhrbein, die zu Zeigefinger und Ringfinger gehörenden Mittelhandknochen zu den Griffelbeinen. Die übrigen sind

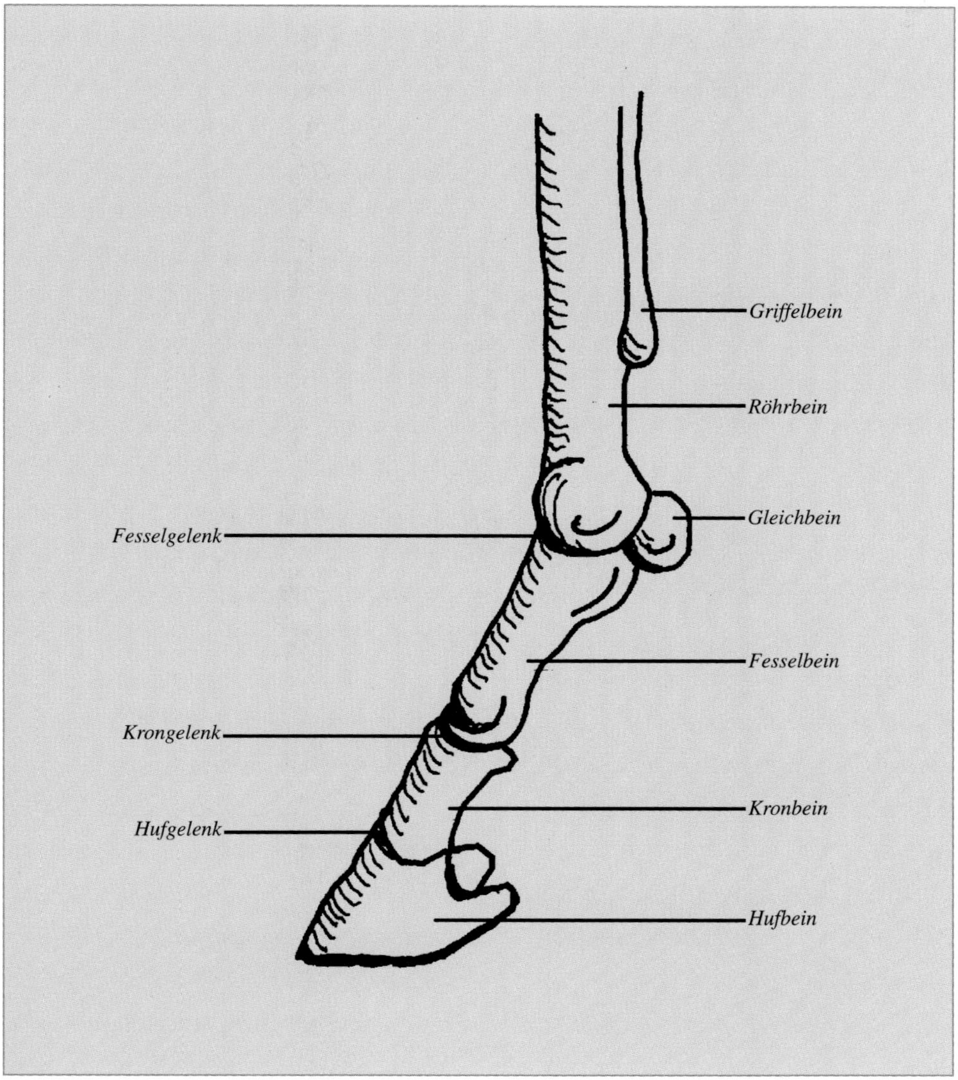

Griffelbein

Röhrbein

Gleichbein

Fesselgelenk

Fesselbein

Krongelenk

Kronbein

Hufgelenk

Hufbein

mit der Zeit als überflüssig verschwunden. Unser erster Fingerknochen wird zum Fesselbein, der zweite zum Kronbein und der letzte zum Hufbein. Der Fingernagel schließlich wird zum Huf. Unser Pferd läuft auf dem Fingernagel des Mittelfingers, in den die Zehe auf-

gehängt ist (siehe Kapitel drei)! Für die genauere Beschreibung betrachten wir das Vorderbein.

Die Verhältnisse der Zehen sind vorne und hinten ähnlich, die Bezeichnungen etwas unterschiedlich. Zum Teil sind die einzelnen Knochen durch ihre unterschiedli-

che Funktion etwas unterschiedlich geformt. Das Röhrbein vorne ist zum Beispiel im Querschnitt mehr rund, zum Auffangen, hinten eher oval wegen der Schubkräfte, die es aufzufangen und umzusetzen gilt.

Also genau hinsehen aufs Vorderbein. Betrachtet wird von unten nach oben und von innen nach außen.

Ganz unten ganz innen liegt das Hufbein, ein in der Grundform dreieckiger Knochen, der etwas schwammartig in seiner Struktur ist mit vielen Löchern für Blutgefäße. Am Hufbein setzt vorne die gemeinsame Strecksehne an, hinten bietet es eine Festhaltestelle für die tiefe Beugesehne. Dieser Knochen ist nach oben gelenkig verbunden mit dem Kronbein, einem in der Grundform quaderähnlichen kompakten Knochen, der schon wie ein „richtiger" Knochen aufgebaut ist. Schematisch sei an den typischen Comic-Knochen erinnert, an beiden Enden Aufwölbungen mit Gelenkflächen, dazwischen ein längliches Stück mit fester Wand, schwammähnlichem Inneren und hohlem Innersten (fürs Knochenmark). Das Kronbein dient an seiner Hinterfläche, der sogenannten Lehne als Festhaltestelle für die oberflächliche Beugesehne. Das zwischen Hufbein

und Kronbein gelegene Gelenk läßt außer der Beuge- und Streckbewegung auch ein wenig seitliche- und Drehbewegung zu. Es heißt natürlich Hufgelenk. Es befindet sich am Pferd betrachtet noch innerhalb der Hornkapsel des Hufes, ist also nicht nur nicht zu sehen, sondern auch nicht zu fühlen.

Noch etwas komplizierter wird das Ganze durch das an der Hinterfläche dieses Gelenkes liegende Sesambein, das Strahlbein. Das Strahlbein ist in der Form wie ein Webeschifflein und verfügt über eigene Bänder, die es an seinem Platz halten. Ein Sesambein ist auch ein Knochen, besitzt aber keine eigene Knochenhaut, was für die Reparatur von Schäden an diesem Knochen sehr wichtig ist. Solche Sesambeine finden sich im Prinzip immer da, wo Gelenke starker Druckbelastung ausgesetzt sind und verstärken die Gelenkkapsel. Zu diesem Strahlbein gehört dann auch noch ein schützender Schleimbeutel. Der Schleimbeutel, das Strahlbein und die darüberlaufende Beugesehne werden als Hufrolle bezeichnet. (Hufrollenerkrankung und Hufrehe sind völlig verschiedene Erkrankungen, bitte nicht durcheinanderbringen!)

Das Krongelenk, das seitlich beweglichste der Zehengelenke, verbindet das Kronbein mit dem Fesselbein. Am Pferd finden wir es etwa dort, wo Hufhorn in Haut übergeht. Das Fesselbein ist der längste Zehenknochen.

Das Fesselgelenk, das nun das Fesselbein mit dem Röhrbein verbindet, ist gut beweglich in Streck- und Beugebewegung, aber durch straffe Seitenbänder kaum seitwärts beweglich. Die Gelenkfläche hat eine Vertiefung, in die ein Kamm auf der Gelenkfläche des Röhrbeins hineinfaßt. Auch Drehbewegungen sind nicht möglich. Dieses Gelenk wird auch wieder durch zwei Sesambeine, die Gleichbeine, verkompliziert. Sie sitzen hinten am Gelenk und werden von diversen graden, schrägen, unteren und seitlichen Bändern beieinander und an ihrem Platz gehalten. Sie sind wichtig, an ihnen setzt der Fesselträger an. Das Röhrbein ist ein richtig langer Knochen, der von seinen beiden Vasallen, den Griffelbeinen, begleitet wird. Die Griffelbeine reichen etwa zwei Drittel am Röhrbein entlang nach unten, sind also in der Regel kürzer. Bei einigen Ponys, vor allem Shetlandponys, reichen sie auch mal bis fast ans Fesselgelenk heran. Noch weiter nach oben schließt das Vorderfußwurzelgelenk an, wir steigen hier aus, sonst wird's ein Anatomiebuch.

Von innen nach außen

Über das innerste, das knöcherne Skelett, haben wir einen Überblick, in den wir die Gelenkkapseln sozusagen bereits integriert haben. Direkt auf dem Knochen sitzt die Knochenhaut, sie liefert Material für den permanenten Umbau des Skeletts und ist maßgeblich verantwortlich für Reparaturen. Das nach außen Nächstwichtigste sind die Sehnen und der Fesselträger. Vorne auf den Knochen zieht die gemeinsame Strecksehne entlang. Sie läuft über alle Knochen hinweg und ankert im Hufbein, für uns nicht tastbar, innerhalb der Hornkapsel. Die Strecksehne ist, um sich nicht straff zu spannen, mit einigen Querbändern manschettenartig am Knochen befestigt. Am wichtigsten ist in Fesselgelenkshöhe, das Fesselringband. Am Hinterbein gibt es mehrere solcher Manschetten, auch auf der gebeugten Seite des Sprunggelenkes. Beugesehnen gibt es zwei, eine oberflächliche und eine tiefe.

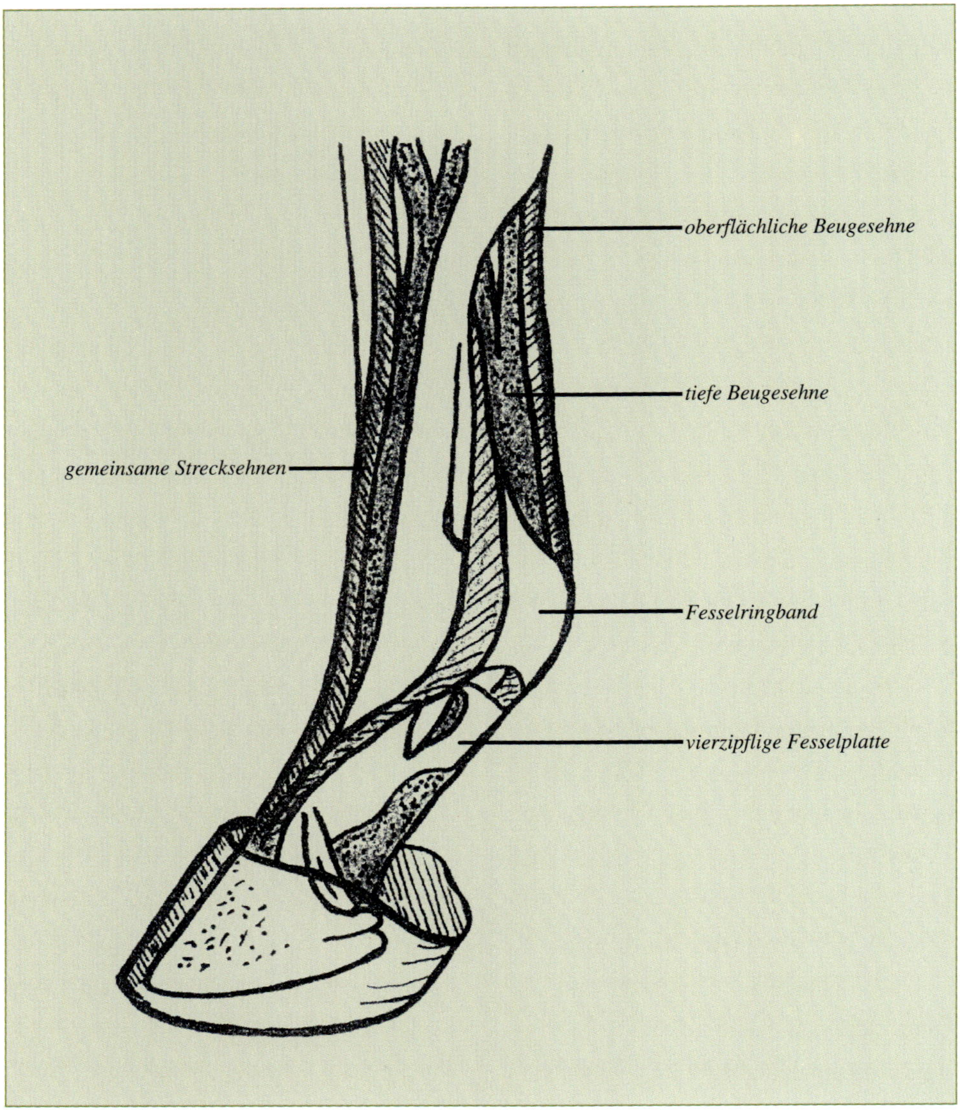

oberflächliche Beugesehne

tiefe Beugesehne

gemeinsame Strecksehnen

Fesselringband

vierzipflige Fesselplatte

Im Röhrbeinbereich laufen sie auch noch wie es sich gehört, die oberflächliche außen, die tiefe darunter. Sie sind hier von einer gemeinsamen Sehnenscheide, einer Art Mantel mit Gleitflüssigkeit, umgeben. Auf Höhe des Fesselgelenkes bezie-hungsweise, etwas darunter, tauschen die Sehnen dann ihren Platz, indem die oberflächliche Beugesehne um die tiefe Beugesehne herum in die Tiefe zieht, wo sie mit ihren Fasern in die Kronbeinlehne hineingreift. Die tiefe Beugesehne zieht

alleine weiter über das Strahlbein und seinen Schleimbeutel hinweg und wirft ihre Anker ins Hufbein. Geholfen wird diesen Strukturen noch von mehreren Unterstützungsbändern. Am wichtigsten ist das der tiefen Beugesehne, das ins obere Drittel des Röhrbeins zieht.

Der Fesselträger ist ursprünglich ein Muskel und heute eine rein sehnige Struktur, die oben an der Rückseite des Röhrbeins entspringt, sich im unteren Drittel des Röhrbeins teilt und in zwei Schenkeln an die beiden Gleichbeine zieht. Auch diese bisher einfache Struktur hat wichtige Unterstützungsbänder.

Im Fesselbeugenbereich gibt es noch eine vierzipfelige, sehnige Platte, die ebenfalls Tragefunktion hat.

Statt noch weiter ins Detail zu gehen, freuen wir uns an der gewonnenen Übersicht. Mit den beigefügten Zeichnungen ist es hoffentlich gut verständlich.

Fehlen noch Nerven und Blutgefäße

Die Versorgung mit Nerven sparen wir uns ganz und finden es schön, daß es sie gibt und daß sie funktionieren. Wie gut sie funktionieren, sehen wir an der ausgeprägten Schmerzhaftigkeit aller Veränderungen an der Huflederhaut.

Blutgefäße dagegen sind sehr wichtig, und wir werden noch häufig auf die Durchblutung der Zehe zurückkommen.

Von unten beginnend ist sehr wichtig die das Hufbein überziehende stark durchblutete Lederhaut. Hier treten die kleinen dünnen, arteriellen Endgefäße mit den venösen Endgefäßen in Verbindung. Man nennt diese kleinen dünnen Endgefäße Kapillaren. Wenn die Durchblutung gut funktioniert, kommt sauerstoffreiches Blut über die Aorta, Arterien, kleinere Arterien - die Arteriolen - und schließlich arterielle Kapillaren bis in die entlegensten Winkel. So ein entlegener Winkel ist zum Beispiel unsere Huflederhaut. Von hier fließt das Blut über venöse Kapillaren, Venolen und Venen zum Herzen zurück. Mitbringen tut das Blut gesunderweise vor allem Sauerstoff, mitnehmen tut es Abbauprodukte und „Müll". Das Kapillarbett kann - dazu später - erheblichen Störungen ausgesetzt sein. Sogenannte Shunts, Kurzschlüsse, leiten das Blut dann von den Arteriolen direkt in die Venolen um und umgehen so das Kapillar-

bett - auch hierzu später. Da die Venen nahezu parallel mit den Arterien laufen, betrachten wir der Übersichtlichkeit halber nur den Verlauf der Arterien, also der vom Herzen kommenden Gefäße.

Auf Höhe des Vorderfußwurzelgelenks entsteht aus dem Zusammenfließen zweier Arterien eine große Handarterie, vergleichbar unserer Hauptschlagader. Diese Arterie liegt zwischen Fesselträger und Beugesehnen auf der Rückseite des Beines. Oberhalb des Fesselgelenkes teilt sie die Arterie in einen seitlichen und einen mittleren Ast, die beide fühlbar innen und außen über den Fesselkopf ziehen. Der mittlere, also innere Ast, ist deutlich stärker. An der Vorderseite des Beines gibt es kein durchgehendes, versorgendes Gefäß, dieser ganze Bereich wird durch Gefäß-Äste von dem Hauptgefäß aus mitversorgt.

Auf Höhe des Krongelenkes werden kleine Arterien in Richtung Hufrolle abgegeben. Zum Kronrand ziehen ebenso einzelne kleine Gefäße. Das Hauptgefäß verzweigt sich immer feiner und verteilt sich als eine Art Netz aus Kapillaren in der Hufleberhaut.

Für uns zugänglich sind die Arterien am leichtesten am Fesselkopf,

hier läßt sich mit geschulten Fingern (nicht den Daumen!) bei nicht zu stark behaarten Pferden der Puls immer fühlen. Bei Entzündungen unterhalb dieser Stelle, also auch bei der Hufrehe, wird der Puls hier so deutlich fühlbar, daß er auch ungeübt leicht fühlbar wird (Geübte sehen ihn fast). Oben am Röhrbein ist der Puls, wenn er verstärkt ist, ebenfalls ertastbar, vorne innen am Bein, hinten außen.

Die äußere Schicht des Beines ist die Haut. Sie besteht von innen nach außen aus Unterhaut, in die Fett eingelagert sein kann, Lederhaut und der Oberhaut, die Haare trägt. Eine Umbildung dieser Oberhaut ist das Hufhorn. Wie in der normalen Haut Zellen an einer Schicht an der Grenze zwischen Lederhaut und Oberhaut entstehen, in Richtung außen reifen und schließlich verhornen, funktioniert es auch bei der Entstehung der Hornkapsel. Weiter im nächsten Kapitel.

HUF UND HUF-MECHANISMUS

Das Hufbein allein ist mit seiner im Verhältnis zum Pferdegewicht kleinen Fläche nicht in der Lage, das Pferd zu tragen. Das Pferd steht also keinesfalls auf dem Hufbein, sondern vielmehr auf dem Tragrand der Hornkapsel, in der das Hufbein aufgehängt ist.

Anschaulich ist dazu folgendes vorstellbar: Der Fingernagel unseres Mittelfingers ist das analoge Organ zur Hornkapsel des Pferdehufes. Pressen Sie einmal den Fingernagel mit seinem Rand auf die Tischkante und belasten ihn, können Sie sich vorstellen, darauf zu stehen?

Ist völlig unmöglich! Deshalb benötigt das Pferd einen guten Aufhängemechanismus. So erhält es die Fähigkeit, aus der Druckbelastung eine Zugbelastung zu machen. Da es sich um eine relativ kleine Fläche handelt, pro Huf etwa 7cm x 3cm Hufbeinträger, muß das Aufhängesystem sehr gut sein.

Betrachten wir zunächst den Huf von außen, so haben wir eine Hufwand, die in Vorderwand, Seitenwand und Trachtenwand einteilbar ist. Der obere Rand des Hufes, die Stelle, an der Haut in Hufhorn übergeht, heißt Krone oder Kronrand, der hautseitig allererste Millimeter Saumband.

Hinten am Huf liegen als Polster, die Ballen, die von den Hufknorpeln unterstützt werden. Diese Hufknorpel sind Verlängerungen der knöchernen Hufbeinäste des Hufbeines.

Von unten sehen wir die Sohle und den Strahl. Der Strahl besitzt ebenfalls ein Polster, das Strahlkissen. Es liegt zwischen dem Strahl (Horn) und dem Kronbein (Knochen). Wir sehen zwei seitliche und eine mittlere Strahlfurche. Die Bereiche zwischen Strahl und Trachtenwand heißen Eckstrebe.

Der Aufbau der Hornkapsel hängt direkt mit dem Aufbau der Haut in den einzelnen Abschnitten des Hufes zusammen. Es sind hier wie überall drei Hautschichten vorhanden. Die Unterhaut ist nur am Kronrand dick und wie ein Polster. Am Strahl bildet die Unterhaut das Strahlkissen. Im gesamten Wandbereich und auf dem größten Teil der Sohle fehlt die Unterhaut ganz.

Die Lederhaut ist in allen Bereichen vorhanden, sie bildet das Horn der Hufkapsel, wie andernorts die

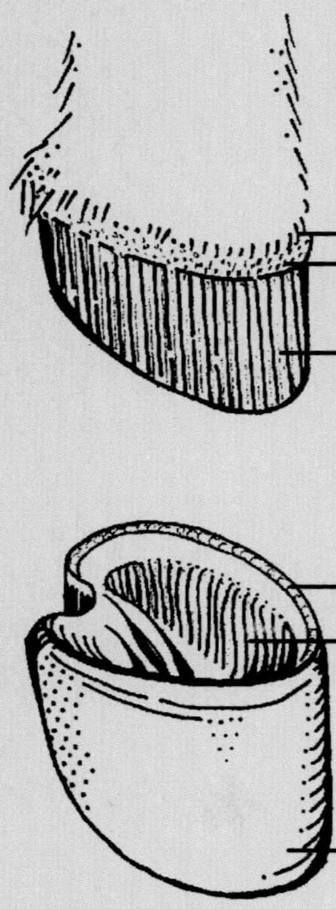

Saumlederhaut

Kronlederhaut

Wandlederhautblättchen

Röhrchenhorn

Blättchenhorn

Hufwand

Oberhaut gebildet wird. Die Oberhaut schließlich entspricht der Hornkapsel.

Die Huflederhaut gibt es an verschiedenen Bereichen des Hufes mit unterschiedlicher Form. Betrachten wir zuerst die Huflederhaut im Bereich des sogenannten Hufbeinträgers, also an der vorderen Hufwand. Die Huflederhaut besteht in diesem Bereich aus lauter kleinen Blättchen, die wiederum mit Stiften besetzt sind, in der Form ähnlich einem Tannenbaum. Das hier an dieser Schablone gebildete Hufhorn hat ebenso Blättchenform, und die Blättchen von Huflederhaut und Hufhorn sind direkt miteinander verzahnt. Die Fläche, die das Hufbein trägt, beziehungsweise an der das Hufbein aufgehängt ist, wird durch diese Fältelung in Blättchen sehr groß, so daß sich die aufzufangende Kraft viel besser verteilt und als Summe vieler Einzelkräfte zu verstehen ist. Jedes Hornblättchen

Hufrehe-geschädigter Huf von unten. Gut zu sehen ist die verbreiterte weiße Linie mit ihrem blättchenförmigen Narbenhorn.
Foto: Martens-Kaiser

trägt bei Belastung ein Lederhautblättchen, welches direkt am Hufbein „klebt". Da es Unterhaut in diesem Bereich nicht gibt, stellen die Lederhaut und die Knochenhaut des Hufbeines eine gemeinsame Struktur dar. Das Hufbein ist also über diese Verzahnung aufgehängt. Im Kronbereich, im dünnen Saumbereich und an der Sohle hat die Lederhaut lauter kleine Zotten, die wie Finger nach unten ragen. An diesen wird röhrchenförmiges Horn und eine Kittsubstanz, die die Hornröhrchen zusammenhält, gebildet. Die Röhrchen sind gefüllt mit Röhrchenmark. Hier werden insgesamt sehr unterschiedliche Qualitäten von Horn hergestellt. An dem Saumband entsteht Horn einer dünnen, nicht sehr abriebfesten Glasurschicht, die mehr wie ein Häutchen die Hornkapsel überzieht. Dann gibt es die beschriebenen festen Röhrchen mit lockerem Röhrchenmark. Das Horn, das als Kittsubstanz zwischen den Röhrchen liegt, ist in der Lage Wasser aufzunehmen und zu speichern. Im Ballenbereich ist das Röhrchenhorn weich und elastisch, an der Sohle deutlich härter, aber noch nicht so hart wie an der Hufwand, deren Horn ja im Bereich der Krone gebildet wird.

Der Huf als Ganzes ist elastisch und in der Bewegung verformbar. Die Elastizität des Hufes nimmt dabei mit der Feuchtigkeit zu. Zu trockenes Horn wird unelastisch und bricht leicht, zu feuchtes Horn wird weich. Wer je zu lange in der Badewanne gelegen hat, kennt dieses Phänomen.

Wie auch bei unserer Haut reicht das alleinige Anbieten von Wasser nicht aus, wenn die Regulationmechanismen gestört sind. Umgang mit Wasser und Fett an Pferdehufen gleicht religiösem Fanatismus. Falsche Menge oder Reihenfolge bringen alles durcheinander.

Bis hierher eindeutig? Andernfalls besser nicht in diesem Kapitel weiterlesen.

Die Huflederhaut produziert permanent neues Horn und schiebt somit das alte weg, nicht nach außen, sondern überwiegend nach unten. Man versucht dies als Haftgleitmechanismus zu beschreiben. Nach außen trifft das Blättchenhorn auf von oben kommendes Röhrchenhorn. Am Kronbereich greifen beide Lederhautarten ineinander. Die von unten sichtbare weiße Linie ist im Prinzip die heruntergeschobene Linie, an der Röhrchen- und Blättchenhorn aufeinandergetroffen

sind. Die Struktur der weißen Linie ist zwar geordnet, aber nicht sehr fest. Als Spätfolgen der Hufrehe verbreitert sich die weiße Linie zum Teil erheblich. Auch als prima Eintrittspforte für krankmachende Keime und Pilze ist hier der geeignete Angriffspunkt. Hier hereingetretene Steinchen schieben sich viel leichter in die Tiefe als auf dem festen Sohlenhorn. Der Schmied nagelt im Bereich der weißen Linie.

Apropos Linien am Huf: Parallel zum Kronrand laufen Ringe um den Huf. Bei starken Futterwechseln, Veränderungen des Beschlags oder der Haltung (z.B. Box/Koppel) sind diese Ringe deutlicher ausgeprägt. Parallelität ist ein gutes Zeichen, sie geht verloren bei Umformungshufen und bei der Hufrehe. Überstandene Hufrehe erkennt man unter anderem an zu den Trachten hin auseinander laufenden Linien.

Bewegen wir das Ganze und kommen zum Hufmechanismus: Der gesamte Huf ist natürlich elastisch, sonst würde er beim Auffußen die Kraft nicht durch Verformung auffangen und der Stoß gebrochen werden können, sondern der Huf selber würde zerspringen. Der Hufmechanismus erklärt sich am besten, wenn man den Huf beim Auffußen und

Übernehmen von Gewicht betrachtet: Fußt der Huf auf dem Boden auf, verändert die Hornkapsel ihre Form, dabei senkt sich die Vorderwand dem Zug des Hufbeins folgend ein, und der Huf verengt sich an dieser Stelle. Die Trachtenwände weichen hierbei auseinander und der Huf wird an dieser Stelle weicher. Durch die Gewichtsbelastung drückt von oben das Kronbein über das Strahlkissen auf den Strahl und diesen auf den Boden. Hier entsteht Gegendruck! Das seitlich ausweichende Strahlkissen (Druck von oben und unten, wo soll es sonst hin) preßt die Hufknorpel auseinander und weitet zusätzlich den Huf im Trachtenbereich. Durch diese Erweiterung wird die gewölbte Sohle flacher.

Während dies verstanden worden ist, ist unser Pferd wenigstens zwanzig Meter gemächlich gegangen, hat also jeden seiner Hufe mehrfach verformt, beim Abfußen zurückgeformt und bei erneutem Auffußen wieder verformt. Dieses ständige Verformen hält einen Pumpmechanismus ingang, durch den das Kapillarbett der Huflederhaut durchblutet wird. Zudem funktioniert es als Stoßdämpfer.

WAS WIRKLICH PASSIERT

Zur Entstehung der Hufrehe gibt es verschiedene Theorien und Ausgangspunkte für Betrachtungen.

Hier soll zunächst beschrieben werden, was im Huf selbst passiert, um dann darauf einzugehen, warum und wieso.

Äußere Reheauslöser sind im Kapitel eins bereits angesprochen worden, wer also hier zuerst aufschlägt, tut gut daran, Kapitel eins vorweg zu lesen und die Abbildungen neben Kapitel drei zu überfliegen.

Was geschieht nun im Huf ?

Im Vordergrund steht eine *Durchblutungsstörung* der Hufled erhaut. Der größere Anteil an heute vorhandener Literatur beschreibt eine Ischämie, eine Minderdurchblutung im Kapillarbett. Im scheinbaren Widerspruch hierzu steht die deutlich vermehrte Blutfülle in den Hauptgefäßen der Zehe. Dieser Widerspruch erklärt sich durch die Aktivierung von Shunts, das sind Querverbindungen zwischen Arteriolen und Venolen, die das Blut sozusagen am Kapillarbett vorbei umleiten. Ob diese Shunts von Endotoxinen oder von körpereigenen Hormonen aktiviert werden oder einfach geöffnet werden, wenn das Kapillarbett geschädigt ist, ist bisher nicht eindeutig nachgewiesen. Zum Teil wird auch ein Abklemmen der Venolen zuerst diskutiert, wodurch das Kapillarbett einmal voll Blut laufen würde, bevor nichts mehr geht. Der Fachmann sagt dann Hämorrhagie.

In jedem Fall kommt die Durchblutung im Kapillarbett zum Erliegen.

Je nachdem wie heftig und wie lang andauernd diese Störung ist, tritt mehr oder weniger Blutflüssigkeit ins Gewebe aus. Es entsteht ein Ödem. Bei starker Schädigung der Gefäßwände verlassen zum Teil auch feste Blutzellen das Gefäßbett und es entsteht eine Blutung.

In diesen Fällen entsteht ein sehr starker Druck im Huf. Die austretende Flüssigkeit benötigt im festen Huf nicht vorhandenen Raum und erzeugt einen massiven Druckschmerz. Wer sich mal so richtig mit einem Hammer auf einen Fin-

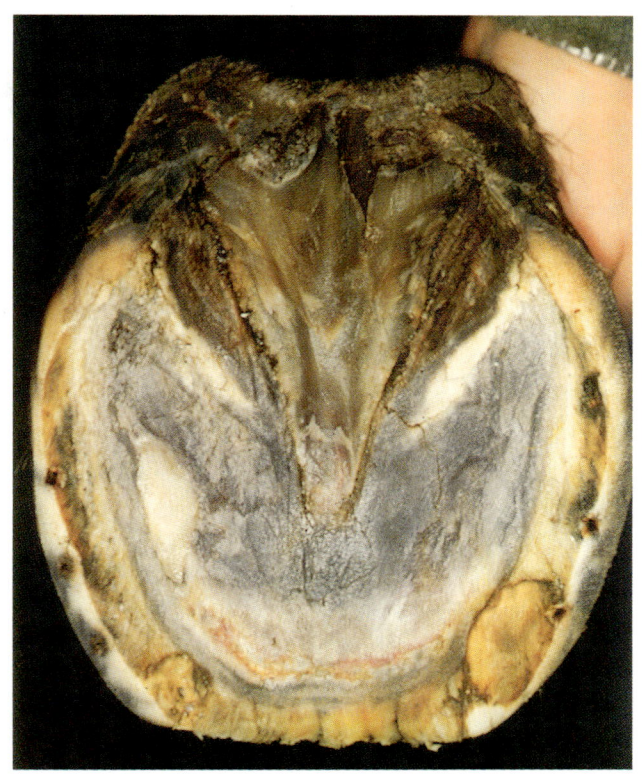

Chronischer Reheschaden - gut zu sehen ist die verbreiterte, faserige weiße Linie. Sie ist zum Teil durch eingedrungene Infektionen geschädigt. Deutlich ist ebenfalls die Prellung der Sohle.
Foto: Martens-Kaiser

Gleicher Huf wie oben nach dem Kürzen der Zehe.   Foto: Martens-Kaiser

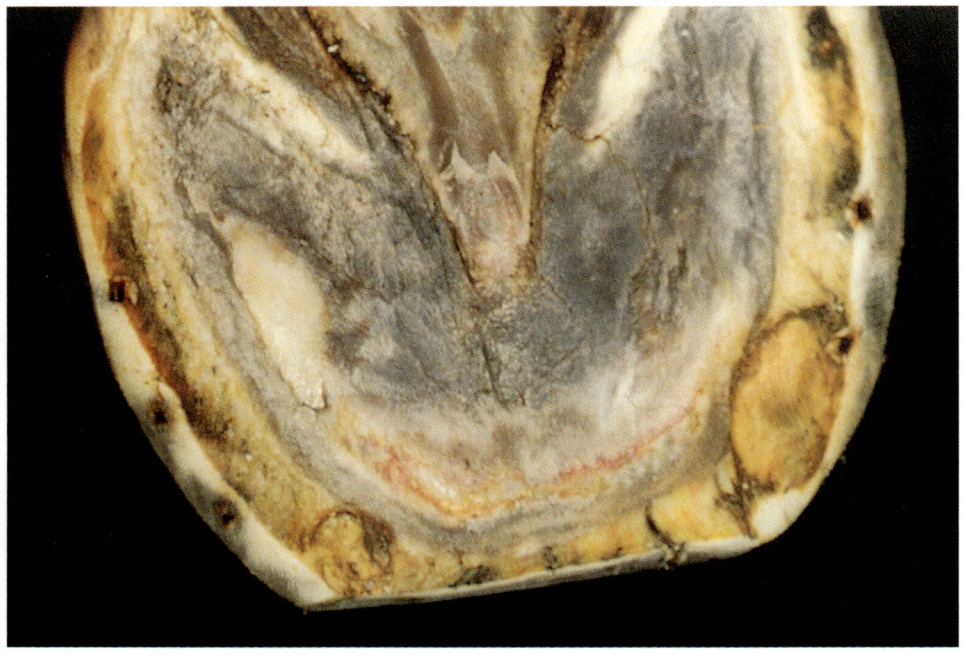

gernagel gehauen hat, weiß, was gemeint ist. Zusätzlich verengt dieser Druck die kleinen Gefäßlein, in denen die Durchblutung ohnehin nicht mehr funktioniert, weiter. Eine spontane Heilung wird so unwahrscheinlicher je länger es dauert und je stärker die ursprüngliche Schädigung ist. Erliegt die Durchblutung eines bestimmten Bereichs vollständig, stirbt das Gebewe ab, es wird nekrotisch.

Entsteht so ein *Flüssigkeitsaustritt* als erstes im Bereich des Hufbeinträgers, können die Lederhautblättchen sich nicht mehr an den Hornkapselblättchen festhalten und fallen runter. Gezogen vom Pferdegewicht senkt sich das Hufbein ab. Da nun leider hinten am Hufbein auch noch die tiefe Beugesehne zieht, dreht sich das Hufbein zusätzlich mit der Spitze in Richtung Sohle.

Betrachtet man Röntgenbilder, muß man feststellen, daß diese Betrachtung auch schon wieder stark vereinfacht ist, denn „in echt" dreht sich nicht das Hufbein in der Hornkapsel, sondern die Hornkapsel um das Hufbein. Das ist insofern nicht dasselbe, als „in echt" das Hufbein seine Position zu den anderen Knochen der Zehe unverändert beibehält. Im Folgenden wird dennoch weiter von der *Drehung des Hufbeines* gesprochen.

Bei der Belastungsrehe beginnt die Zerstörung des Aufhängeapparates nicht am Hufbeinträger, sondern an der Sohlenlederhaut und breitet sich von hier aus. Als chronische Spätschäden sieht man häufig nur die *Hufbeinsenkung*, ohne Drehung.

Die Absenkung des Hufbeines dehnt nun die noch intakten Teile des Aufhängeapparates, bis sie auch noch kaputt gehen. Die starke Dehnung der Kapillaren (etwa wie ein Gummiband) erschwert auch ein Wiederingangkommen der Durchblutung. Es kommt hier regelrecht zu Zerreißungen im Bereich des Hufbeinträgers. Diese werden durch erzwungene Bewegung noch verstärkt.

Die Drehung des Hufbeines verursacht vor allem Schäden an der Krone und an der Sohle.

An der Krone wird durch die Drehung der Raum für die Kapillar gefäße enger, sie werden gequetscht und die Durchblutung abgeklemmt. Von hier aus kann die Zerstörung fortschreiten.

Ist die Verbindung zwischen Hornkapsel und Lederhaut schließlich ganz gestört, verliert das Pferd seine Hornkapsel, es schuht aus.

An der Sohle drückt die Spitze des gedrehten Hufbeines auf den Boden. Der Raum, der hier für Sohlenlederhaut zur Verfügung stand, wird gequetscht, die Durchblutung gestört... zum Teil stirbt hier Gewebe ab. In besonders schlimmen Fällen bricht die Hufbeinspitze durch die Sohle.

Da wir nun Pferde nicht keimfrei unterbringen können, kommt es hier oft zu einer eitrigen Entzündung der Sohle, die leider nicht selten auf das Hufbein übergreift.

Ist der akute Reheschub überstanden, bleibt die Verlagerung des Hufbeines bestehen. Am Hufbeinträger wird sehr viel Horn geringerer Qualität gebildet, so daß der Abstand zwischen Hufbein und äußerer Hufwand geweitet bleibt und nach unten weiter wird. So entstehen die erheblich verbreiterte weiße Linie und zum Teil der Knollhuf. Durch die ungleichmäßige Bildung von Hufhorn entstehen auch die nicht mehr parallelen Ringe an der Hornkapsel.

Die Hufbeinspitze verformt sich durch den Gegendruck des Bodens, an dem sie nach der Verlagerung ja nun leider dichter dran ist. Bei leichteren Veränderungen wird sie nur etwas lang gezogen, das Hufbein bekommt eine Nase. Zum Teil löst sie sich aber auch auf und das Hufbein wird immer weniger.

Viele dieser Schäden direkt am Huf sind, wenn sie erst einmal entstanden sind, nicht rückgängig zu machen.

Möglichkeiten, wie es dazu kommt

Das Phänomen der Durchblutungsstörung setzt sich im wesentlichen aus zwei verschiedenen Mechanismen zusammen. Zum einen besteht eine Gerinnungsstörung und eine Veränderung der Fließeigenschaften des Blutes. Zum anderen besteht eine Schädigung der Gefäße selbst. Beide Mechanismen bedingen sich zum Teil gegenseitig, so daß eine klare Trennung nicht möglich ist. Dazu kommt, daß im Laufe einer Hufrehe Allgemeinsymptome und spezielle Veränderungen festgestellt werden, die erst durch die Hufrehe selbst entstehen.

Hoher Blutdruck zum Beispiel ist in der Literatur zum Teil mit verantwortlich gemacht worden für das Geschehen in der Zehe. Tatsächlich haben auch die meisten Hufrehepatienten einen deutlich zu hohen Blutdruck. Dieser Erfahrungswert

Ausschuhen bei akuter Rehe. Spuren vorausgegangener Reheerkrankungen am Huf sind nicht zu sehen.

Auch dieses Pferd schuht aus. Es hat bereits vorher Rehe gehabt und ist behandelt worden.
Foto: Assmann

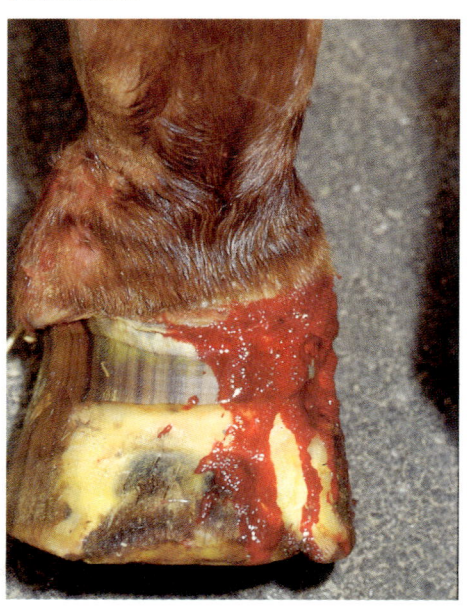

nützt uns aber wenig, denn der erhöhte Blutdruck kann durchaus schmerzbedingt zustande kommen. Häufig verschwindet dieses Symptom bei der Gabe von Schmerzmitteln. Trotzdem ist es natürlich gut möglich, daß die Blutdruckerhöhung in der Hufreheentstehung eine Bedeutung hat. Ebenso kann es sein, daß längerfristig erhöhter Blutdruck die Wände der kleinen Gefäße vorschädigt, so daß hier eine Voraussetzung für das Entstehen von Hufrehe gegeben ist.

Die Gefäßwände können auch durch Toxine, giftige Teilchen, die

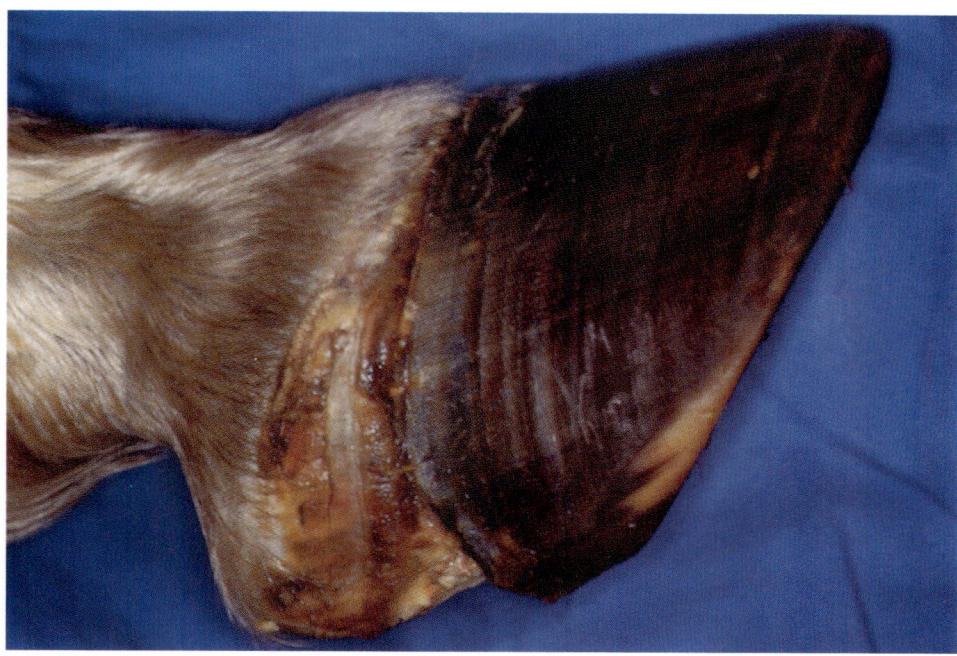

Dieser Huf schuht aus. Es handelt sich um den Hinterhuf einer Haflingerstute, die 10 Tage zuvor vorne deutliche Rehesymptome gezeigt hatte und gut auf die Behandlung ansprach.   Foto: Martens-Kaiser

aus erkranktem Darm oder entzündeter Gebärmutter ins Blut gelangt sein können, gestört sein. Ebenso kann die Kapillardurchblutung durch Medikamente durcheinander gebracht werden.

Normalerweise können im gesunden Pferd Blutgefäße durch verschiedene Regelkreise verengt oder geweitet werden. So paßt der funktionierende Organismus die Durchblutung eines Bereichs dem Bedarf an. Derartige Regulationen erfolgen von selbst, ohne Beeinflussung durch den Willen. Für diese Regulation gibt es Botenstoffe und Rezep-

Der gleiche Huf. Die Finger beweisen die vollständige Zusammenhangstrennung zwischen Hornblättchen und Lederhautblättchen. Foto: Martens-Kaiser

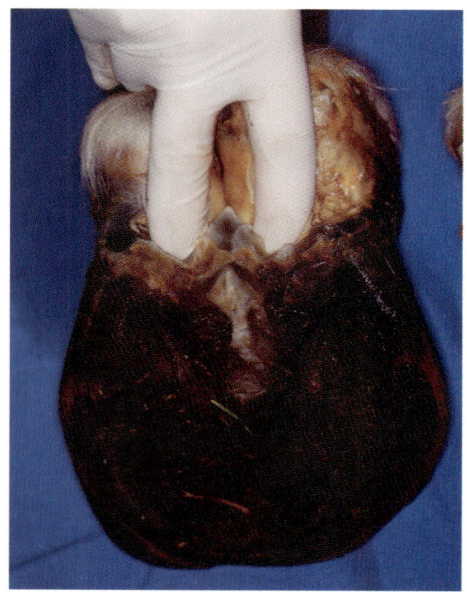

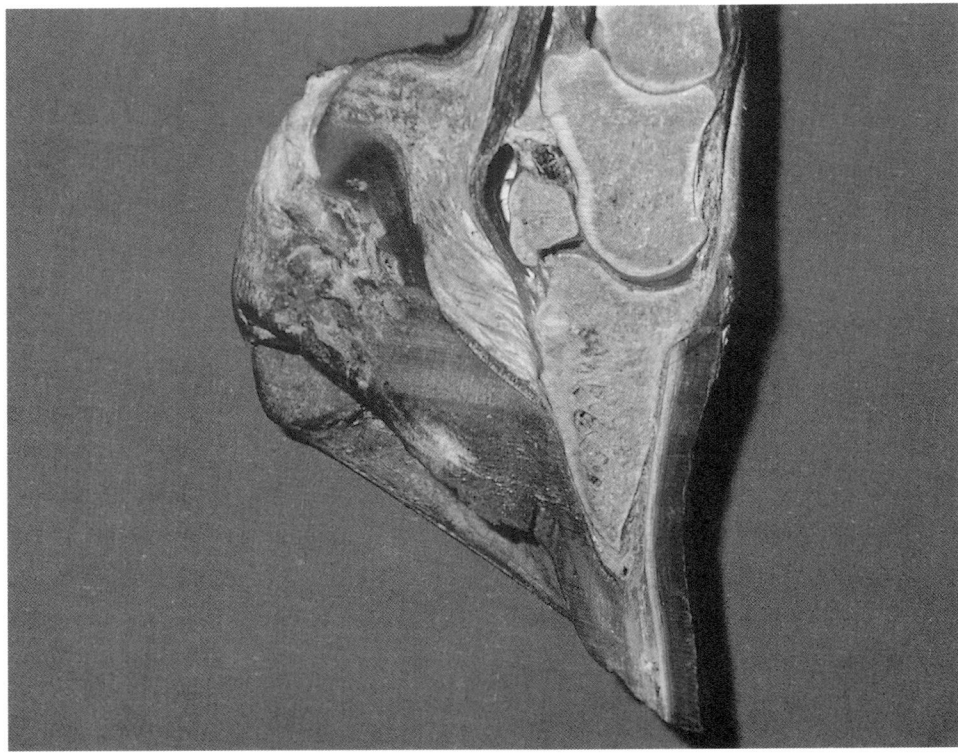

Dieser Längsschnitt in der Mitte durch den Huf zeigt deutlich die Lage des Hufbeins, die weiße Linie und den Ansatz der tiefen Beugesehnen.   *Foto: Assmann*

toren, Poststellen für diese Botenstoffe. Einige dieser Rezeptoren werden von Streßhormonen angesprochen, die bei Schmerz reichlich im Blut unterwegs sind. Dies führt direkt zu einer Verengung der Gefäße.

Eine allgemeine Blutgerinnungsstörung hat sicher mit der Hufreheentstehung zu tun. Nur acht Stunden nach beginnender Hufrehe kann im Blut ein Absinken von Thrombozyten (Gerinnungszellen)

festgestellt werden. Heparin als blutgerinnungshemmendes Medikament kann Reheentstehung verhindern. Dies ist im Versuch bewiesen und wird zum Beispiel zur Vorbeugung der Geburtsrehe eingesetzt. Derartige Störungen der Blutgerinnung betreffen den gesamten Organismus, so daß Nachweise von bestehenden Gerinnungsstörungen aus Blut möglich sind, das am Hals abgenommen wird, deutliche Symptome sehen wir nur an der Zehe.

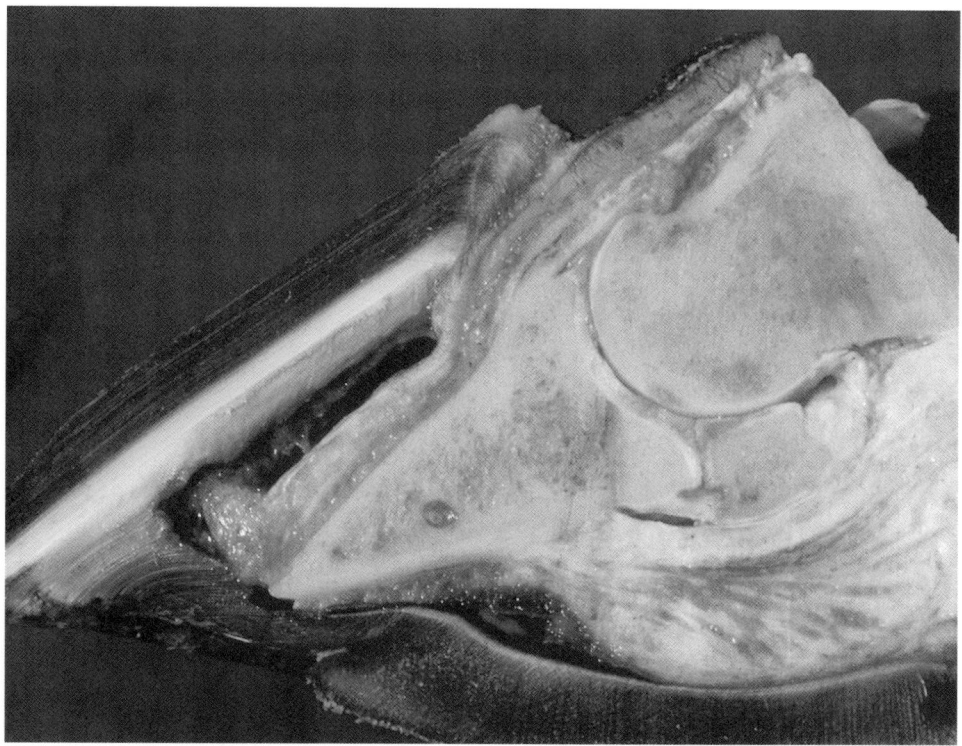

Längsschnitt durch den Huf bei schwerer Hufrehe. Das Loslösen der Blättchenstruktur ist gut zu erkennen.
Foto: Assmann

Derartige Blutgerinnungsstörungen werden von einigen Geschlechtshormonen, Streßhormonen und von medikamentell eingesetzten Corticoiden verschlimmert, möglicherweise sogar hervorgerufen.

Ein bei Entzündungen im Körper häufig vorkommender Botenstoff ist das Histamin, es ist in der Lage, über Rezeptoren die Durchblutung zu verändern, ein weiterer Beeinflusser der Gefäße neben den Hormonen und Endotoxinen.

Der Prozeß der Reheentstehung unterhält sich selbst, das entstehende Ödem schädigt die Kapillaren weiter, der Schmerz erhöht den Blutdruck und verengt die Gefäße und das Pferdegewicht hängt sich genau an die geschädigten Stellen. Ohne Unterbrechung ein Teufelskreis, der mit dem Ausschuhen endet.

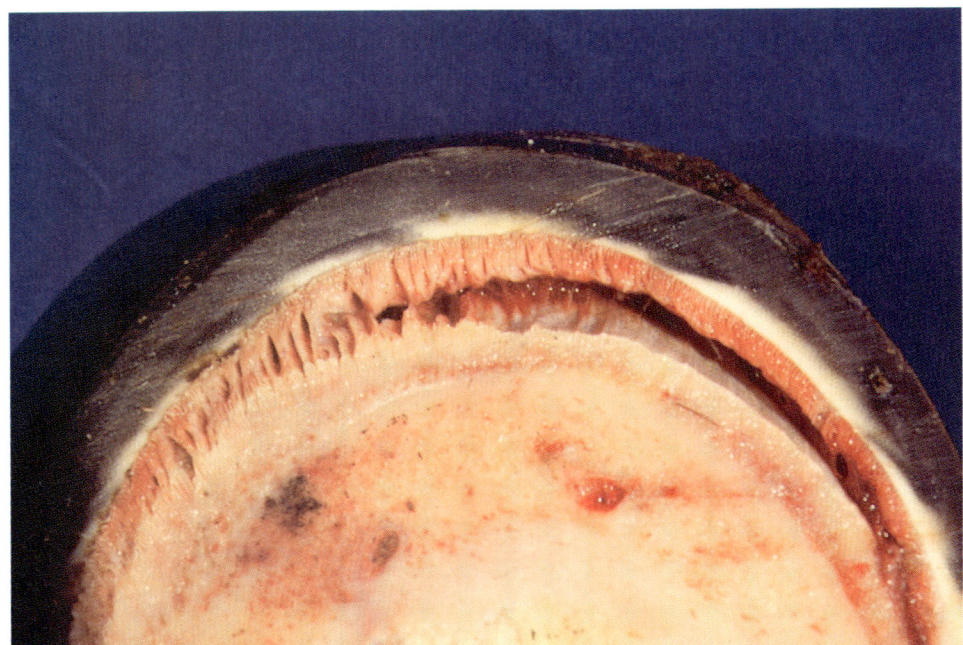

Flächenartige Veränderungen im Querschnitt. Zu sehen sind das Hufbein, die Hornwand und zwischen beiden der zerstörte Aufhängeapparat. Foto: Assmann

So kann sich das Hufbein verändern!
Foto: Assmann

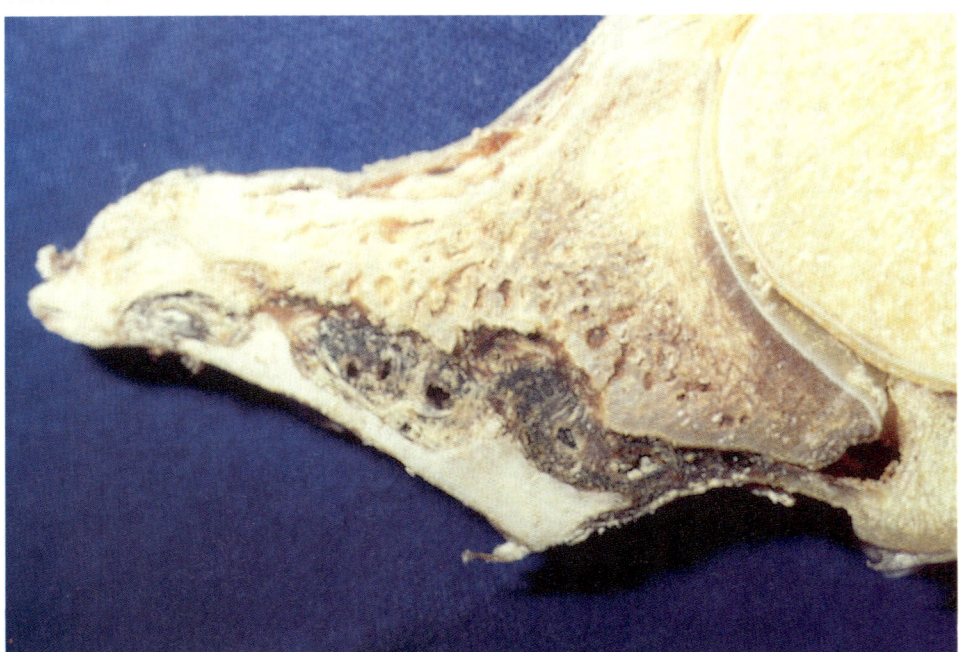

ERSCHEINUNGEN BEI AKUTER UND CHRONISCHER HUFREHE

Akute Hufrehe

Im ersten Kapitel sind einige Hufreheauslöser vorgestellt worden. Hier wird schon deutlich, in welchen Situationen man die Möglichkeit einer Hufreheentstehung befürchten kann und noch etwas aufmerksamer sein sollte als ohnehin. Es ist superwichtig, Hufrehe so früh wie möglich zu erkennen und am besten bereits in den ersten sechs Stunden nach Beginn eine Behandlung anzufangen.

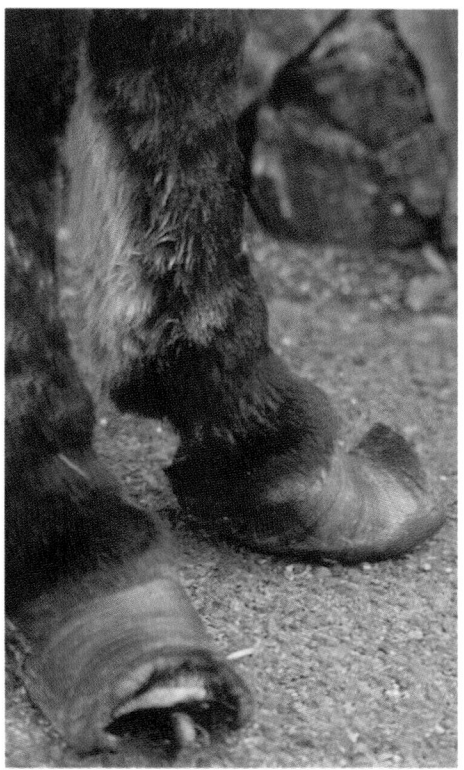

Dieses Pony hat bereits mehrere Reheschübe hinter sich. Es ist völlig verwahrlost.   Foto: Assmann

Am besten hierfür ist natürlich, man verbringt Tag und Nacht mit seinem Pferd und kontrolliert laufend alle Körperfunktionen. Ganz so ist das natürlich technisch nicht umsetzbar und es würde auch das arme Pferd kollossal nerven. Gewöhnt man sich nur an, täglich alle Hufe anzufassen, ist die Wahrscheinlichkeit, etwas zu übersehen, (wovon man weiß, daß es das gibt) nicht sehr groß. Auch wegen der Gefahr durch Fremdkörper (Steine,

Nägel, Teile von Eimerhenkeln...) und der Hygiene bietet es sich an, Hufe täglich auszukratzen, auch und vor allem auf der Koppel. Vor dem Reiten und/oder nach dem Reiten oder einfach so, ohne davor oder danach geritten zu sein, ist hierfür egal. Nach dem Reiten sind die Hufe natürlich etwas wärmer als vorher.

Mehr Wärme im Huf wird dabei ohne Handschuhe immer bemerkt. Unsichere Wärmebeurteiler und

Offenstallmenschen, die die Huf-kapsel zu zwei Dritteln des Jahres nur eingeschlammt antreffen, kön-nen den Puls fühlen. Am einfach-sten ist dies am Fesselkopf. (Viel-leicht sucht man sich so schon mal die richtige Stelle oder läßt es sich zeigen. Leichter zu fühlen ist der Puls nach dem Reiten.) Zugegeben, es gibt Pferde, bei denen es schwie-rig ist im gesunden Zustand hier Erfolgserlebnisse zu bekommen, aber für die Mehrheit sollte es mög-lich sein. Mißerfolg ist möglich, bei akuter Hufrehe aber nahezu ausge-schlossen.

Holt man sein Pferd von der Kop-pel oder aus der Box oder, verfolgt es auf der Koppel (kommt ja wohl auch vor), sieht man schon, wie es hintritt. Natürlich auf dem Weg raus etwas lustvoller und zügiger, aber gemeint ist, ob es wie immer geht oder eher klamm und ungern. Sie kennen ja Ihr Pferd. Der Vollblutrei-ter hält vielleicht den freundlichen Hafi schon für unwillig, wenn er nur ganz normal hinterherschlurft, wichtig ist der Unterschied zu sonst, nicht zum Nachbarn.

Hufrehepferde setzen die Hinter-beine stark unter den Schwerpunkt, sie können in dieser Haltung nur kurze Schritte machen. Zudem bela-sten sie ungern, bringen also so schnell wie möglich das vierte Bein wieder an den Boden. Die Schritte werden kurz und flach.

Hebt man dann ein Bein auf, merkt man auch eventuell einen Unterschied zu sonst, Hufrehepati-enten weigern sich zu Recht und vehement gegen das nur auf drei Beinen Stehen. (O. K. auch das tun einige Pferde sicher täglich, aus Prinzip.)

Untersucht man ein Rehepferd mit einer Hufuntersuchungszange (Tier-arzt oder Schmied), ist die Schmerz-reaktion oft nicht deutlich an einer Stelle, sondern der Schmerz scheint im gesamten Sohlenbereich diffus verteilt zu sein. Nach einer Hufbein-drehung ist der Schmerz über der Hufbeinspitze am ausgeprägtesten.

Normalerweise ist es aber gar nicht kompliziert, akute Hufrehe ist eindeutig zu erkennen.

Die Pferde haben starke Schmer-zen, mögen gar nicht gehen, liegen sogar zum Teil. Sie versuchen ihr Gewicht nach Möglichkeit von dem kranken Fuß herunterzunehmen.

Bei der häufigsten Erscheinungs-weise sind zuerst und stärker die Vorderbeine betroffen. Das Pferd versucht aus verständlichen Grün-den, sich von diesen schmerzhaften

Dingern so weit wie möglich zu distanzieren. Es stellt sie weit nach vorne weg. Das Pferdegewicht bleibt dadurch für die Hinterbeine übrig, sie werden zum besseren Ausbalancieren so gut es geht unter den Schwerpunkt gestellt. Die typische Rehehaltung.

Verwischen tut sich dieses Bild, wenn alle vier Füße erkrankt sind, schließlich muß man auf irgendwas stehen. Einige Pferde legen sich hin, ein weiser Entschluß, denn sie unterbrechen so schon mal die Schäden, die durch die permanente Belastung entstehen. Einige Pferde haben aber auch, vor allem draußen, eine erhebliche Scheu sich hinzulegen. Der Beweggrund hierfür liegt darin, daß das Pferd ganz sicher weiß, daß es ein Fluchttier ist, egal wie lange es schon bei uns lebt und weder Tiger noch Wölfe trifft. Diesen Punkt muß man sich deutlich vor Augen halten, denn auch ein Pferd, welches „nur" chronisch lahm ist leidet unter dem "psychischen" Druck, notfalls nicht mobil genug zum Weglaufen zu sein. Unser Rehepferd legt sich nur, wenn es sich sicher fühlt - in der Box oder mitten in der Herde. Oder natürlich, wenn es wirklich nicht mehr anders geht, aber dann legt es

sich aus seiner Sicht zum Sterben. Vermutlich ist es doppelt froh, wenn schließlich doch noch jemand kommt, der merkt, daß irgendwas nicht richtig ist.

Bei der Belastungsrehe eines Beines aufgrund eines Schadens am gegenüberliegenden Bein ist diese Symptomatik wertlos. Regelmäßiges Kontrollieren ist die einzige Möglichkeit.

Interessant ist, daß ganz zu Beginn, wo noch jede Hufrehe übersehen wird, die Wärme des Hufes durch die schlechte Durchblutung abnimmt. Warm wird der Huf erst kurz bevor man die ersten Lahmheitssymptome sieht.

In der Bewegung versucht das Pferd jeweils nur Ballen und Trachten zu belasten. Es hält sozusagen die Hufspitze hoch. Daraus entsteht ein Gang ähnlich dem, mit dem manche Menschen morgens in schlecht sitzenden Pantoffeln ihr Schlafzimmer verlassen.

Wichtig sind also am Ort des Geschehens

- Wärme des Hufes
- Verstärkte, pochende Pulsation der Zehenarterien
- Entlastungshaltung
- diffuse Empfindlichkeit der Sohle bei Druck mit der Untersuchungszange

In der Bewegung
- klammer Gang
- Ballenfußung (Pantoffeln)

Am Pferd
- deutliche Schmerzen*
- häufiges Liegen
- Entlastungshaltung
- Schnellere Atmung
- Höherer Puls
- evtl. Fieber
- evtl. auslösende Erkrankung wie Nachgeburtsverhaltung oder Durchfall

* Obwohl es keine objektiven Kriterien für Schmerz bei Tieren gibt und die Einschätzung des Grades von tierischen Schmerzen sehr unterschiedlich ist, sind sich hier alle Autoren einig, daß es sich bei akuter Hufrehe um ein sehr schmerzhaftes Geschehen handelt. Bei akuter Hufrehe sind vom Schmerz hervorgerufene (und durch Schmerzmittel einschränkbare) meßbare körperliche Funktionen vorhanden. Der Blutdruckanstieg und eine reichliche Ausschüttung von Streßhormonen können als Beweis angeführt werden.

Wer Tiere hält und ab und an beobachtet, kann häufig an Benehmen und Ausdruck bereits das Befinden des Tieres ablesen. Ein Beispiel ist das typische Schmerzgesicht. Dies ist nur alles nicht belegbar, weil nicht meßbar. Zudem wird sensiblen Tierhaltern immer leicht eine Vermenschlichung der Tiere vorgeworfen. Alles andere wäre auch zu unbequem. Welche zahlreichen Veränderungen in Haus- und Nutztierhaltung müßten wir konsequenterweise herbeiführen, wenn wir zugeben, daß Tiere ähnlich empfinden wie wir. Auch unter der Annahme einer höheren Schmerzschwelle kann hier mit Sicherheit das Vorhandensein von starkem Schmerz angenommen werden. Ob das Pferd sich dazu verwirrt, alleingelassen, ungerecht behandelt oder einfach unwohl fühlt, bleibt wissenschaftlich betrachtet reine Interpretation.

Wie schwer eine akute Hufrehe ist, kann nach dem bereits beinahe fünfzig Jahre alten Schema von Obel abgeschätzt werden. An der Notwendigkeit zu einem raschen Therapiebeginn darf dies allerdings nichts ändern. Auch eine leichte Hufrehe darf bereits als lebensbedrohlicher Zustand interpretiert werden und schwerer wird die Erkrankung von allein. Obel teilt die akute Hufrehe in Klassen ein, die gerne zitiert werden und allgemein ziemlich gut akzeptiert zu sein scheinen (keine widersprüchliche Bewertung in der Literatur). Die Einteilung erfolgt allein aufgrund von - selber feststellbaren - klinischen Veränderungen:

Grad 1
In der Ruhe hebt das Pferd die Hufe ständig abwechselnd. Im Schritt ist keine Lahmheit zu erkennen, im Trab ist der Gang kurz und steif.

Grad 2
Die Pferde gehen im Schritt zwar willig, aber steif vorwärts. Aufheben eines Fußes ist ohne Schwierigkeiten möglich.

Grad 3
Das Pferd bewegt sich äußerst widerwillig und wehrt sich heftig gegen den Versuch, einen Fuß aufzuheben.

Grad 4
Das Pferd weigert sich, sich zu bewegen. Es ist nur durch Zwang zum Laufen zu bringen.

Chronische Reheveränderungen

Im Verlauf der Rehe verändert sich das Hufbein in seiner Position zur Hornkapsel, es sinkt ab oder es dreht sich. Das Absenken entsteht durch die Lockerung, Zerreißung und Zerstörung des Aufhängeapparates am Hufbeinträger. Wenn nichts gegenan wirkt, ist das Hufbein jetzt fast frei. Vorne zieht noch die Strecksehne, hinten die tiefe Beugesehne, dazwischen muß es sich orientieren. Ist der Schmerz erheblich und Entlastung möglich (bei der Belastungsrehe auf einem Fuß oft nicht), wird der Fuß entlastet oder zumindest auf den Ballen gestellt. In dieser Position ist die tiefe Beugesehne stärker als die Strecksehne und logischerweise - wie beim Tauziehen - bewegt sich das Hufbein auf die Beugesehne zu, es dreht sich.

Von außen können wir die Absenkung des Hufbeines möglicherweise schon durch ein Einsinken des Kronrandes sehen. Die Drehung sieht man eventuell an einer Vorwölbung der Sohle, erkennt sie durch eine deutliche Zangenempfindlichkeit über der Hufbeinspitze oder - schlimmstenfalls - sieht man die durchgebrochene Hufbeinspitze.

Im weiteren Verlauf kann man eine überstandene Hufrehe an divergierenden Ringen an der äußeren Hufwand sehen. Laufen sogenannte Ernährungsringe normalerweise parallel zueinander und zum Kronrand, so laufen die Reheringe zu den Trachten hin auseinander.

Noch später formt sich der Huf um zum Vollhuf oder - noch ausgeprägter und für Hufrehe typisch - zum Knollhuf. Beim Vollhuf ist „lediglich" die Sohle vorgewölbt, so daß durch verlorenes Sohlengewölbe die Sohle selbst dauerhaften Bodenkontakt hat. Das Pferd steht auf der Sohle, die dafür nicht gebaut ist und ist nicht mehr in der Lage, sich in den Hufbeinträger hineinzuhängen. Der Tragrand, der dafür gebaut ist, trägt nicht. Ohne Hilfe stirbt in so einem Huf die Huflederhaut in einigen Bezirken ab und ist nicht reparierbar. Hier muß unbedingt durch einen Spezialbeschlag das Gewicht wieder über den Hufbeinträger auf den Tragrand gebracht werden.

Der Knollhuf ist die Bezeichnung für eine Umformungshufform, in der der Huf eher lang und schmal wird. Durch die Veränderungen in Qualität (schlecht) und Menge (zuviel) des im Bereich des Hufbeinträ-

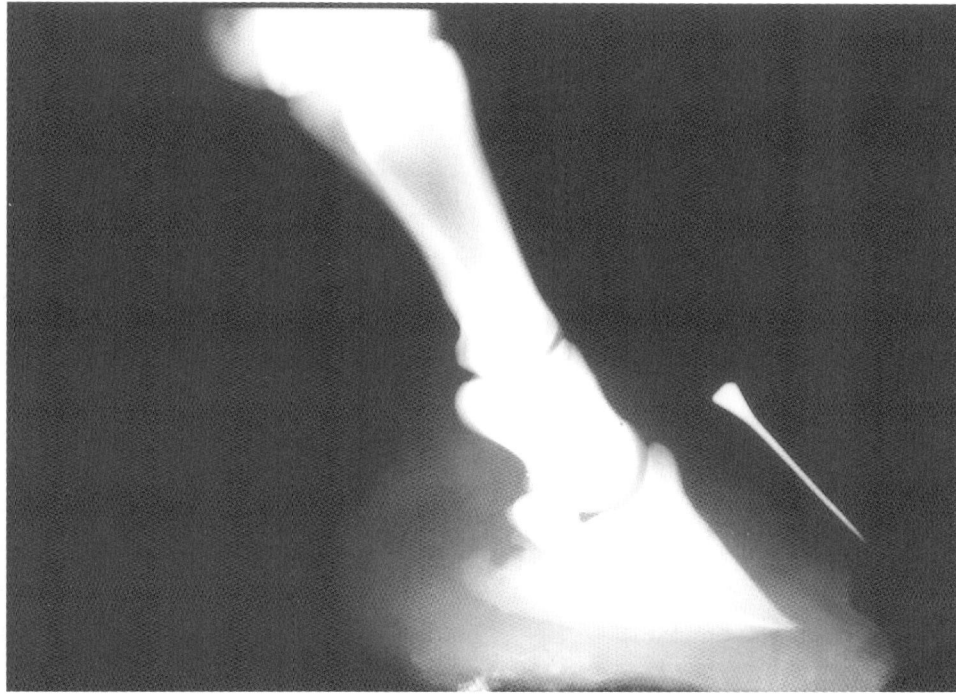

Röntgenbild mit leichten chronischen Reheveränderungen. Die Parallellität zwischen Hufbein und Wand ist nicht gegeben. Die Hufbeinspitze ist ausgezogen. Foto: Martens-Kaiser

gers erzeugten Horns entsteht vorne am Huf eine Knolle. Diese Knollenbildung mit reiner Ballenfußung kann verwechselt werden mit der Hufform, die sich über längere Zeit grober Vernachlässigung bildet. In diesem Fall entsteht durch mangelnden Abrieb und mehrere leider nicht wahrgenommene Schmiede-Termine eine Art Schnabel, der auch hoch zeigen kann. Das ist zwar auch gemein, aber eher korrigierbar und mit weit weniger Schmerzen verbunden. Unterscheidbar ist dies zum Beispiel durch Betrachten der Horn-

ringe. Zum Teil überlappen sich auch beide Phänomene, dafür verantwortlichen Menschen gehört die Tierhalteerlaubnis entzogen.

Die beste Möglichkeit, entstandene Schäden im Laufe einer Rehe abzuschätzen, ist die Röntgenuntersuchung. Deutlichste Bilder bekommt man im 90°-Winkel zum Huf bzw. zur Zehenachse.

Mit ein paar Hilfseinrichtungen läßt sich die Lage (des Hufbeins, nicht der Nation) besser beurteilen. Wenig gesenkt und ein bißchen gedreht sind relative und nicht

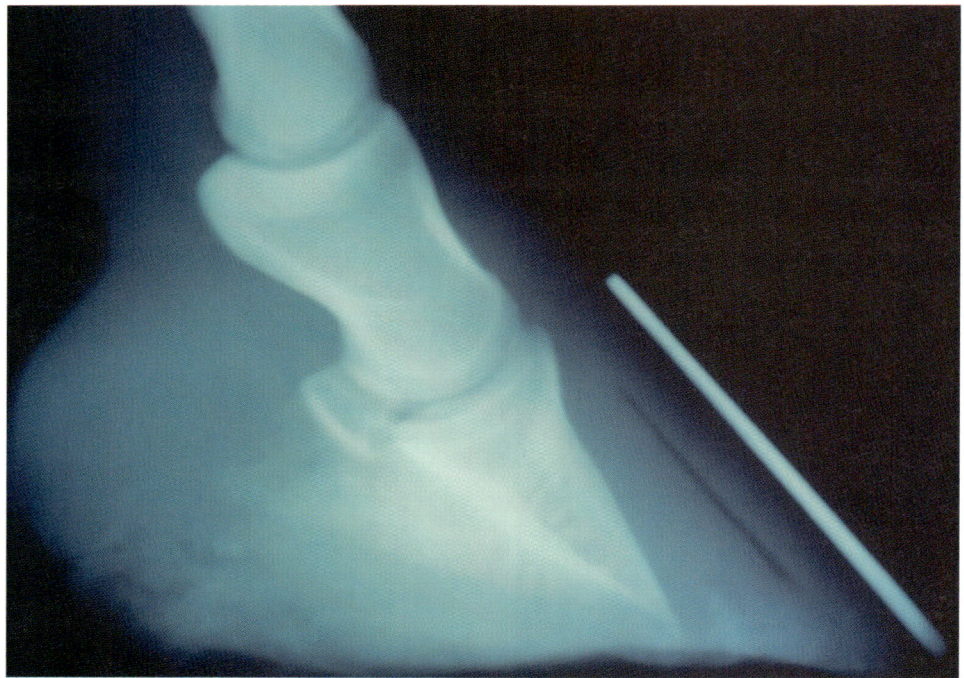

In diesem Röntgenbild ist außer Drehung und Senkung bereits Luft zwischen Hufbein und Horn zu sehen.

Foto: Assmann

Hier ist die Zehe zu lang und das Hufbein bereits deutlich verändert. *Foto: Assmann*

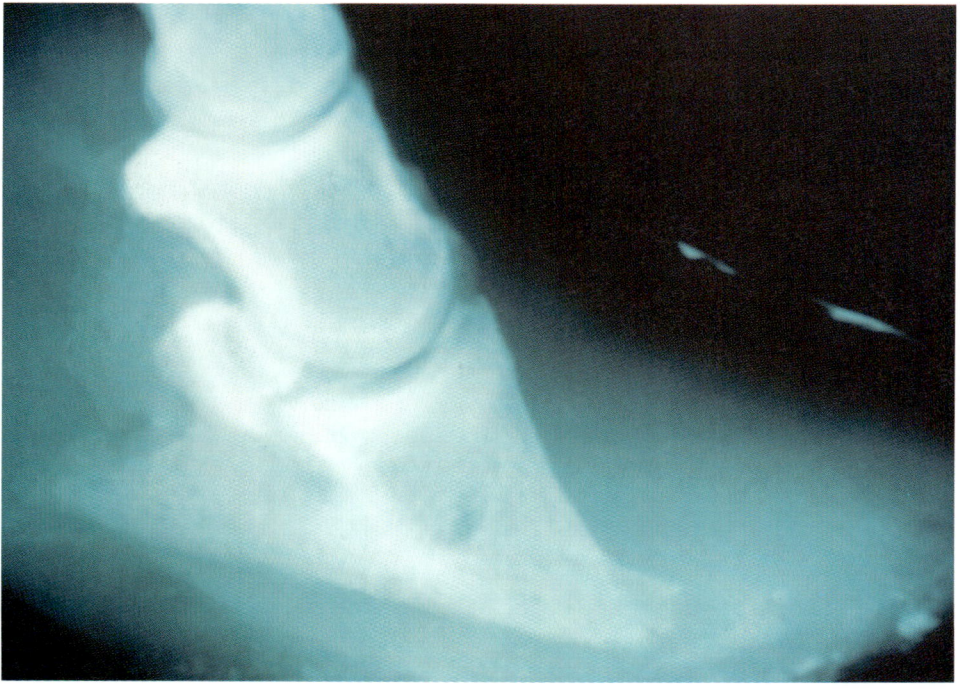

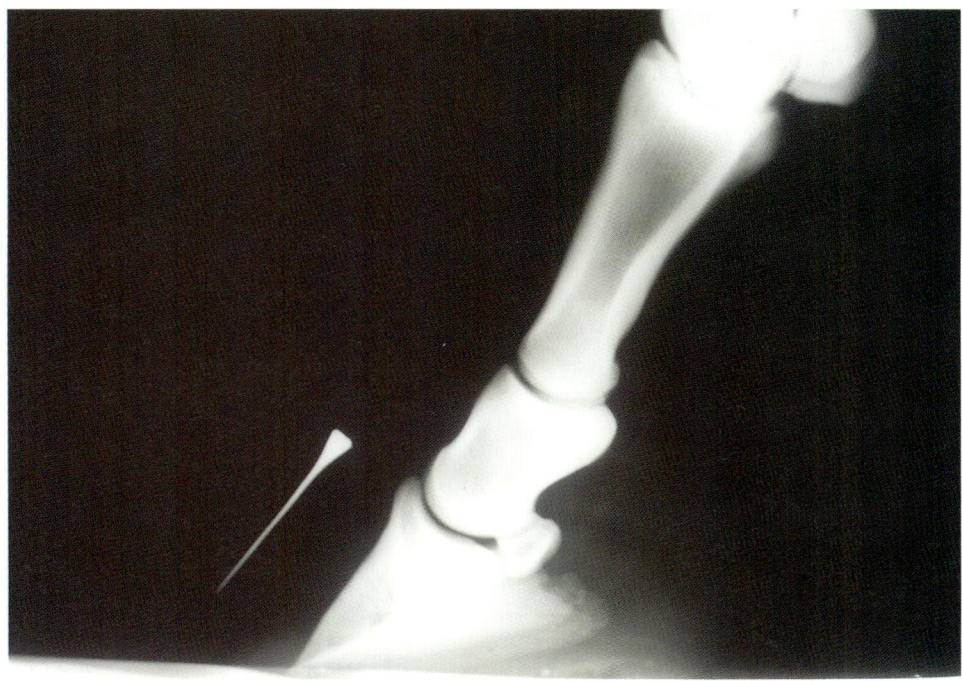

Hier ist das Hufbein nicht beurteilbar. Die Spitze ist nicht zu sehen.   Foto: Martens-Kaiser

Absenkung, Drehung und Ausziehung der Hufbeinspitze sind deutlich.   Foto: Martens-Kaiser

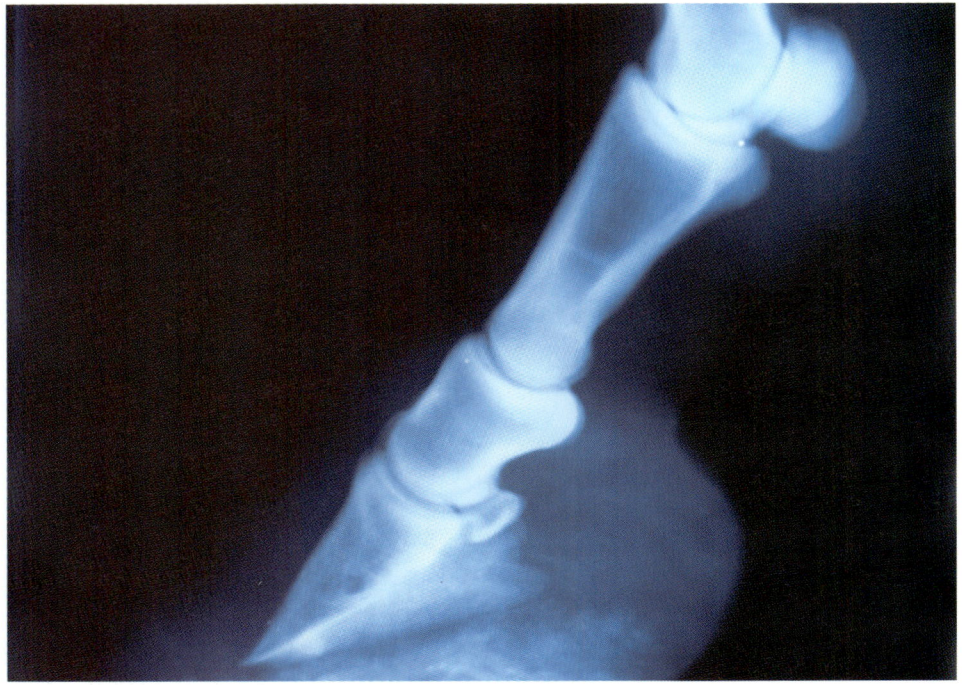

objektivierbare Begriffe. Sorgfältig und sachkundig ausgeführte Röntgenaufnahmen lassen definitive Befunde zu, wie das Hufbein um 4 mm abgesenkt und um 5 ° gedreht wurde. Auf der Vorderfläche des Hufes wird in der Mitte ein Metallstab, eine Kanüle oder ein Hufnagel aufgeklebt. Dieser zeigt auf dem Röntgenbild strahlend weiß auf grau die vordere Kante der Hornkapsel an. Diese Kante ist ohnedies auch auf den meisten nicht zu harten Röntgenaufnahmen zu sehen, aber als Kante mittelgrau gegen dunkelgrau/schwarz und nicht so deutlich. Die Kante des Hufbeines ist ebenfalls weiß vor grau gut zu sehen. Die Gradzahl der Drehung ist nun zwischen den beiden Linien leicht mit einem Geodreieck zu messen. Eine Absenkung erkennt man auch ohne Hilfsmittel, aber die Distanz läßt sich nur schätzen. Eine Metallkette oder Ähnliches entlang des seitlichen Kronrandes auf den Huf geklebt, zeigt diese äußere Kante wieder weiß auf grau. Der Abstand des Strahlbeines zum Kronrand gibt Aufschluß über den Grad der Hufbeinsenkung. Wichtig sind diese Werte für die Zukunftsaussichten, die so ein Pferd hat, für die Verlaufskontrolle und für die

Entscheidung, wie der Huf zubereitet oder beschlagen werden soll, um dem Pferd den kleinsten Schaden und die größtmögliche Erleichterung zu verschaffen. Die ersten Aufnahmen sollten im Laufe einer Hufreheerkrankung nach 24 bis 72 Stunden nach Auftreten erster Lahmheitssymptome gemacht werden. Die Aufnahmen sollten so gefertigt werden, daß die Hufbeinspitze im ganzen zu sehen ist. Im chronischen Verlaf entsteht hier eine Ausziehung, die sogenannte Nase, durch den Druck des Bodens auf das Hufbein. Später können auch Auflösungserscheinungen am Hufbein auftreten. Manche Pferde haben leider mehr als eine Hufrehe in ihrem Leben. Die Wahrscheinlichkeit für erneute Hufreheerkrankung steigt auch von Schub zu Schub. Hier ist es hochgradig sinnvoll, nach jedem abgeklungenen Reheschub Röntgenbilder anfertigen zu lassen, die uns die derzeitige Position des Hufbeines mitteilen. Beschlag und Belastung können so dem jeweiligen Gesundheitszustand unseres Pferdes angepaßt werden.

Möglichst viel von der hier beschriebenen Symptomatik am Auftreten zu hindern, wird Thema des nächsten Kapitels sein.

BEHANDLUNGS-MÖGLICHKEITEN BEI HUFREHE

Noch einmal in aller Deutlichkeit: Hufrehe muß so früh wie möglich behandelt werden !

Behandlung im Frühstadium und akuten Stadium der Hufrehe:

Als Frühstadium wird hier diejenige Zeit angesehen, in der Rehe beginnt. Als akut, solange noch keine röntgenologischen Veränderungen entstanden sind - in der Regel etwa 24 Stunden nach Beginn der Erkrankung. Bestehen Schmerzen mehr als 48 Stunden oder sind Lageveränderungen des Hufbeines eingetreten, bezeichnet man die Hufrehe bereits als chronisch.

Auslöser abstellen

Zunächst versucht man den Auslöser herauszufinden und zu unterbrechen. Eine fütterungsbedingte Hufrehe zeigt sich oft erst 12 bis 18 Stunden nach Aufnahme von zum Beispiel zuviel Kraftfutter. Die auslösenden Stoffe sind jetzt noch in reichlicher Menge im Darm und werden ohne unser Zutun auch weiter vom Körper aufgenommen. Man kann durch Gabe von Öl (reichlich und mehrmals täglich, macht der Tierarzt über eine Sonde) versuchen, einen abführenden Effekt zu erzielen, die Aufnahme von Giftstoffen zu minimieren und die angegriffene Darmschleimhaut mit einem Schutzfilm zu überziehen. Bei der Nachgeburtsverhaltung müssen soweit möglich alle Nachgeburtsreste entfernt werden und mindestens eine direkte Behandlung der Gebärmutter durchgeführt werden. Eventuell ist eine Gabe von Antibiotika sinnvoll.

Futter muß sofort entfernt werden. (Also als erstes zieht man mal den Kopf aus der Hafertonne.)

Haltung anpassen

Alle akut hufrehekranken Pferde werden sehr restriktiv gefüttert. Kraftfutter wird ganz abgesetzt und Rauhfutter nicht zu eiweißreich und nicht zu reichlich gefüttert.

Die Pferde werden am besten in eine mit Sand, Sand-Späne-Gemisch oder Torf eingestreute Box gebracht. Als Polster ist eine sehr gut einge-

streute Box auch schon besser, als fester Boden, aber über kurz oder lang für ein Pferd, das wenig zu fressen bekommt, nicht der geeignete Aufenthaltsort.

Unter den Behandlungsbeschreibungen wird häufiger eine unter Klinikbedingungen erwähnt werden. Es stellt sich natürlich die Frage, wie sinnvoll es ist, ein Pferd während einer entstehenden Rehe zu transportieren. Eine solche Entscheidung muß immer individuell getroffen werden - stark abhängig vor allem von den Gegebenheiten vor Ort. Auf einer sehr guten Koppel kann man den Patienten nicht lassen. Verfügt der Pferdehalter nicht über eine geeignete Krankenbox, ist der Transport unumgänglich. In jedem Fall muß der Patient möglichst schonend an einen Ort gebracht werden, an dem eine optimale Behandlung möglich ist. Stellt man vor Ort die Trachten hoch, kann man die Pferde in jedem Fall lieber im Hänger transportieren, als sie eben die fünf Kilometer zum Stall laufen zu lassen. Erstens wären sie danach erheblich stärker geschädigt und zweitens wäre man wenigstens zwei Stunden langsam Schritt für Schritt unterwegs. Einen Hänger zu organisieren hätte kaum länger

gedauert, aber dem Pferd weniger wehgetan. Daß hufrehekranke Pferde in einen nahe gelegenen Stall oder eine Tierklinik in der Nähe gebracht werden sollten und nicht mehrere Stunden fahren, versteht sich von selbst.

Spezielle Behandlung des Pferdes

Beiden Phänomenen der Hufreheentstehung, Gerinnungsstörung und Durchblutungsstörung soll möglichst zeitig und wirkungsvoll entgegengetreten werden.

Die Durchblutung der Zehe funktioniert beim gesunden Pferd durch ein Pumpen beim Auffußen. Hierfür verantwortlich ist der Hufmechanismus. Ob nun ein Rehepferd bewegt werden soll oder nicht, darüber sind die Meinungen sehr geteilt. Einige Autoren bewegen die Pferde unter Zwang gegen den Schmerz und beschreiben auch Heilungserfolge. Hier ist aber die Gefahr, durch die Bewegung im Aufhängeapparat rein mechanisch schnell immer mehr zu zerstören, sehr groß. Bewegung nach Schädigung des Hufbeinträgers, also bei sichtbaren röntgenologischen Veränderungen, erscheint unsinnig. Wenn der Hufmechanis-

Eselhuf mit Reheveränderungen, der Infektionsherd in der weißen Linie wurde gereinigt und desinfiziert. Verkehrtherum beschlagen.   *Foto: Martens-Kaiser*

Kunststoffbeschlag (Marathon) mit Platte und Silikonpolster   *Foto: Martens-Kaiser*

mus heftig gestört ist, kann eine Zwangsbewegung nicht mehr durchblutungsfördernd nützen. In der allerersten Phase können Pferde eventuell mäßig bewegt werden. Von verschiedenen Autoren ist eine Bewegung von jeweils zehn Minuten pro Stunde auf weichem Boden und im Schritt während der ersten 24 Stunden empfohlen worden. Von der großen Mehrheit der mit Hufrehebehandlung beschäftigten Tierärzte wird von Anfang an absolutes Ruhigstellen gefordert, um weitere Schäden zu vermeiden. Zur Beeinflussung der Durchblutung können Umschläge um den Huf gemacht werden. Kalte Umschläge erleichtern und setzen die Stoffwechselvorgänge herab, so daß der Huf leichter mit der gestörten Durchblutung umgehen kann. Warme Umschläge sollen die Durchblutung förden, verstärken aber meist die Schmerzreaktion.

Wer einen fließenden Bach sehr in der Nähe hat, kann sein Pferd hier hereinstellen, das erleichtert und massiert.

Um die Durchblutungsstörung in den Griff zu bekommen, können verschiedene Medikamente gegeben werden, solche, die über Schlüsselstellen im Körper die Kapillaren weiten und den Blutdruck senken, sind sinnvoll. Medikamente, die die Gefäße noch stärker verengen, sollen nicht gegeben werden.

Ein hier eingesetztes Medikament ist das Azepromazin, es stellt die Kapillaren weit, senkt den Blutdruck und macht ein wenig müde. Hieraus resultierendes Hinlegen des Pferdes ist durchaus erwünscht.

Eine weitere sehr alte Methode, die Durchblutung zu verbessern, ist der Aderlaß. Hier werden dem Pferd spürbare Mengen Blut abgenommen (das können 5-10 Liter sein). Der Vorteil ist zum einen, daß im Blut befindliche Giftstoffe, körpereigene „Entzündungsalarm"-Botenstoffe und freigesetzte gefäßverengende Stoffe ausgeschieden werden. Das verbleibende Blut mit den verbleibenden Giftstoffen wird verdünnt. Da Blutkörperchen weniger leicht ersetzt werden können als Blutflüssigkeit, wird vom Körper zwar die Menge an Blut aufgefüllt, aber insgesamt wird das Blut dünner und kommt so leichter durch die Kapillaren. Einige Autoren halten den Aderlaß für antiquiert, andere ersetzen - um den Kreislauf nicht zu stark zu belasten - entnommenes Blut gleich durch eine entsprechende Menge physiologischer Elektro-

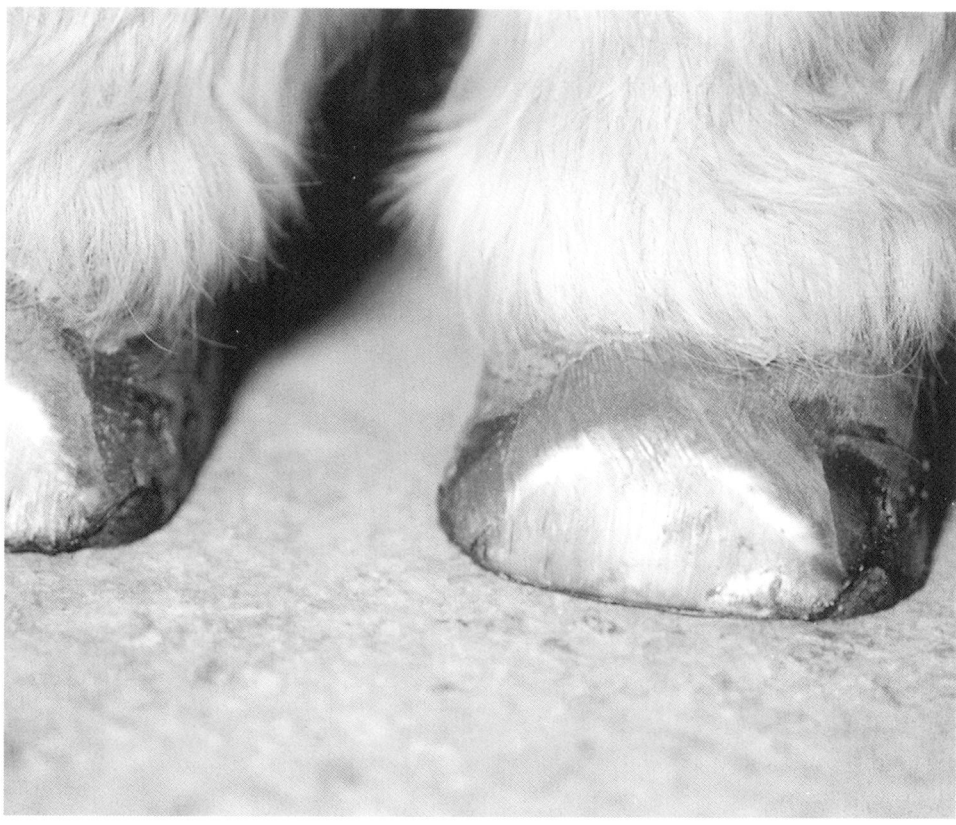

Ponyhuf nach Reheerkrankung mit gekürzter Zehe und dünngeraspelter Vorderwand. Vorher trugen diese Hufe Knollen!

Foto: Assmann

lytlösung. Grundsätzlich sehr sinnvoll bleibt's. Verdünnt werden durch den Aderlaß auch die Gerinnungsfaktoren und Blutplättchen, so daß hier auch schon der Gerinnungsstörung entgegengewirkt werden kann.

Der Gerinnungsstörung sinnvoll und nachweisbar entgegenwirken kann auch die Gabe von Heparin. Im Versuch konnte bei einigen Pferden das Entstehen der Hufrehe durch regelmäßige Heparingaben verhindert werden. Eingesetzt wird Heparin vor allem zur Vorbeuge (Nachgeburtsrehe) und im Frühstadium. Bei bestehender Hufrehe erscheint es eher sinnlos. So toll das ist, es gibt natürlich auch Nachteile. Heparin ist ein hochwirksames, gerinnungshemmendes Medikament. Zuviel kann erheblichen Schaden anrichten. Nach der Geburt, bei noch offenen Wunden,

muß besonders vorsichtig vorgegangen werden. Am besten funktioniert Heparinanwendung unter Klinikbedingungen mit einer mehrfachen Kontrolle der Gerinnungswerte.

Spezielle Behandlung am Huf

Am Huf selbst können Veränderungen und Behandlungen vorgenommen werden, die weiteren Schäden entgegenwirken. Diese Maßnahmen wirken nicht gegen die Ursache, sondern sollen den Teufelskreis unterbrechen und weitere Verschlimmerungen verhindern.

Rehegips

Als sehr wirksam haben sich Rehegipse erwiesen. Sie werden je nach Schweregrad der Hufrehe als unterer, mittlerer oder hoher Rehegips angelegt. Der untere Rehegips verlagert das Gewicht auf die noch gesunderen Teile des Hufes, vor allem auf den hinteren Sohlen- und Ballenbereich. Die Zehe wird komplett entlastet. Durch die erhöhte Stellung der Trachten wird dem Zug der tiefen Beugesehne entgegengewirkt und so eine Drehung des Huf-

beins verhindert oder verringert. Hat die Hufrehe sich schon auf den Trachtenbereich ausgedehnt, wird ein mittlerer Rehegips angelegt, er ist bereits hoch genug, den Fesselkopf mit zum Tragen der Körperlast heranziehen zu können. Noch schwerere Veränderungen machen einen hohen Rehegips nötig, er zieht auch das Vorderfußwurzelgelenk mit zum Tragen der Körperlast heran. Gips hat einen auf der Hand liegenden Nachteil: er läßt sich nicht so gut mal eben anbringen, abnehmen oder erneuern. Bereits beim Anlegen muß das Pferd in der Lage sein, auf dem gegenüberliegenden Bein zu stehen, bis der Gips angelegt und oberflächlich trocken ist (das kann fast zehn Minuten dauern). Andernfalls muß man das Pferd in eine Aufhängevorrichtung stellen oder einen ausdauernden, kräftigen Aufhalter verbrauchen, auf dem das Pferd einen Teil seines Gewichts aufstützen kann (Superman?). Zum Trost: Auf dem schließlich eingegipsten Fuß steht es sich sofort besser, der zweite ist dann leichter. Druckveränderungen an der Sohle können unterm Gips übersehen werden und unversorgt vor sich hin gammeln. Scheuerstellen durch einen Gips können sich infizieren.

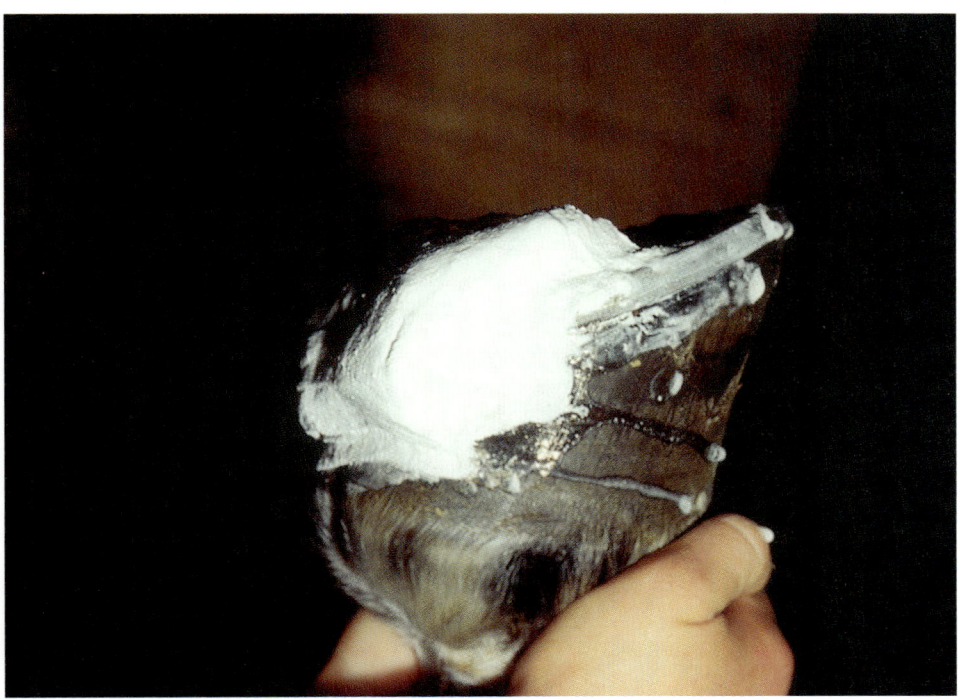

Gipspolster unter den Teilen des Hufes, die tragen sollen. Erster Arbeitsabschnitt beim Anlegen eines Rehegipses.   *Foto: Assmann*

Unterer Rehegips   *Foto: Assmann*   *Hoher Rehegips*   *Foto: Assmann*

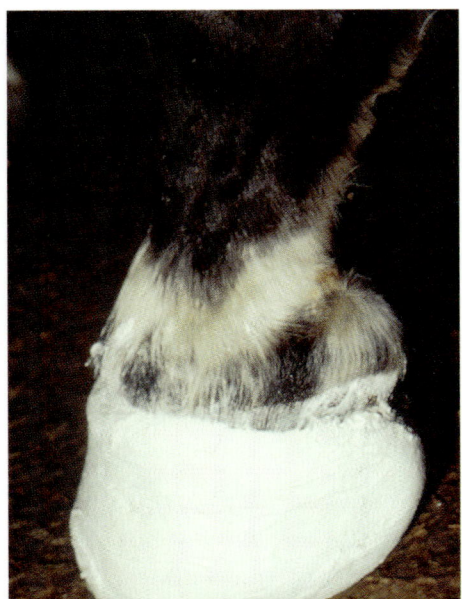

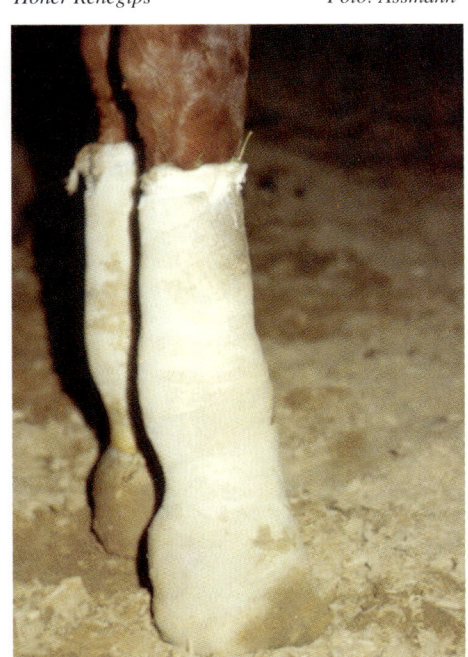

Dazu kommt, daß das Kühlen der Zehe nicht ohne weiteres möglich ist. Beim Aushärten werden Gips und Kunststoffe warm, das schmerzt noc hmal.

Das Anlegen von Rehegipsen ist die wirkungsvollste Sofortmaßnahme. Durchgeführt werden sollte es aber nur von Menschen, die es sicher können und am besten in der Klinik, wo Aufsicht und regelmäßige Kontrolle möglich sind und für den Fall der Fälle auch eine Gipssäge vorhanden ist und ohne längeres Suchen gefunden wird.

Gewichtsverlagerung

Wie durch das Anlegen des unteren Rehegipses kann auch durch andere Maßnahmen das Gewicht auf den Ballen- und Sohlenbereich verlagert werden. Allgemein für sinnvoll gehalten wird die konsequente Trachtenerhöhung, um dem Zug der tiefen Beugesehne entgegenzuwirken. Dies geschieht zum einen durch Verbände, die durch untergelegte Binden den Ballen unterstützen und die Zehe schweben lassen. Am beschlagenen Huf können Buchenholzkeile unter das Eisen geklebt werden. Der unbeschlagene Huf kann durch verschnallbare Schuhe - zum Beispiel Dallmer-Clog - mit einlegbarer keilförmiger Platte an den Trachten künstlich erhöht werden. Verbände und Schuhe müssen regelmäßig abgenommen werden, um die Hufsohle kontrollieren zu können.

Schmerzstillend und regulierend auf die Durchblutung wirken können feuchte Verbände. Besonders nützlich ist Lehm mit einem Schuß Essig. Umschläge mit Rivanol, Leinsamen, Kartoffelbrei (kein Witz!), verschiedenen Tees oder Kefir werden zum Teil auch gemacht.

Hufzubereitung

Die Meinungen gehen auseinander, ob vorhandene Eisen sofort entfernt werden müssen, oder nicht. Eine sofortige Entlastung ist natürlich sehr erstrebenswert. Aber Eisen im akuten Stadium zu entfernen, ist hochgradig schmerzhaft und belastend für das Pferd. Zum Anlegen eines Gipses ist es jedoch erforderlich. Ansonsten können vorhandene Beschläge die ersten ein bis drei Tage liegen. Zur Entlastung kann man die vorderen Nägel vorsichtig

ziehen. Schöner ist es, wenn man sofort allen Druck von dem Tragrand im Zehenbereich entfernen und das Gewicht vollständig auf den hinteren Bereich des Hufes verlegen kann. Rein logisch ist das mit einem Eisen, welches auf dem gesamten Tragrand aufliegt, nicht möglich.

Herr Fritz Rödder, Hufschmiedemeister, Praktiker, anerkannter Experte und leidenschaftlicher Pferdefreund, hat aufgrund seiner langjährigen Erfahrung eine Vorgehensweise propagiert, die von zahlreichen Schmieden ähnlich durchgeführt wird. Die Eisen werden sofort abgenommen und der Huf im Trachtenbereich, um die Gewichtsverlagerung nach hinten zu unterstützen, gekürzt, was sonst üblicherweise vermieden wird.

Ein Spezialbeschlag mit breiten Schenkelenden, seitlichen Aufzügen und deutlich geschwungener Zehenrichtung wird angefertigt. Ein Steg wird so eingeschweißt, daß die Verlängerung der Hufbeinspitze fünf Millimeter davor herausragen würde (etwa ein Zentimeter vor der Strahlspitze). Die Zehe wird um etwa fünf Millimeter gekürzt. Das Spezialeisen wird nur im Trachtenbereich aufgenagelt. Da der Hufmechanismus ohnehin gestört ist,

bedeutet dies keine zusätzliche Beeinträchtigung. Der vordere Tragrand berührt jetzt das Eisen gar nicht. Der entstandene Zwischenraum kann mit Kaugummi oder Knetmasse ausgefüllt werden, um einerseits die Elastizität zu erhalten und andererseits ein Eindringen von Steinchen zu verhindern. Zwischen Quersteg und Strahlspitze wird Huflederkitt geknetet. Anschließend wird vorne etwa zwei Zentimeter unterhalb des Kronrandes eine etwa 6 Zentimeter breite Delle in die Hornwand geraspelt oder gefräst - vorsichtig bis auf die weiße Linie herunter. Hier beult sich nun die Lederhaut nach außen vor und wird (mit sauberen Fingern und steriler Kanüle) angestochen, wodurch sich durch austretendes Sekret sofort eine Druckentlastung und ein sichtbarer Rückgang der Schmerzen einstellt. Herr Rödder plädiert dafür, die Pferde danach sofort auf weichem Boden zu bewegen und hat hiermit offensichtlich gute Erfahrungen.

Dies ist hier ausführlich beschrieben, da es in zwei wesentlichen Punkten, nämlich der Trachtenerhöhung und der Bewegung von der allgemeinen Lehrmeinung abweicht. Dennoch verzeichnen

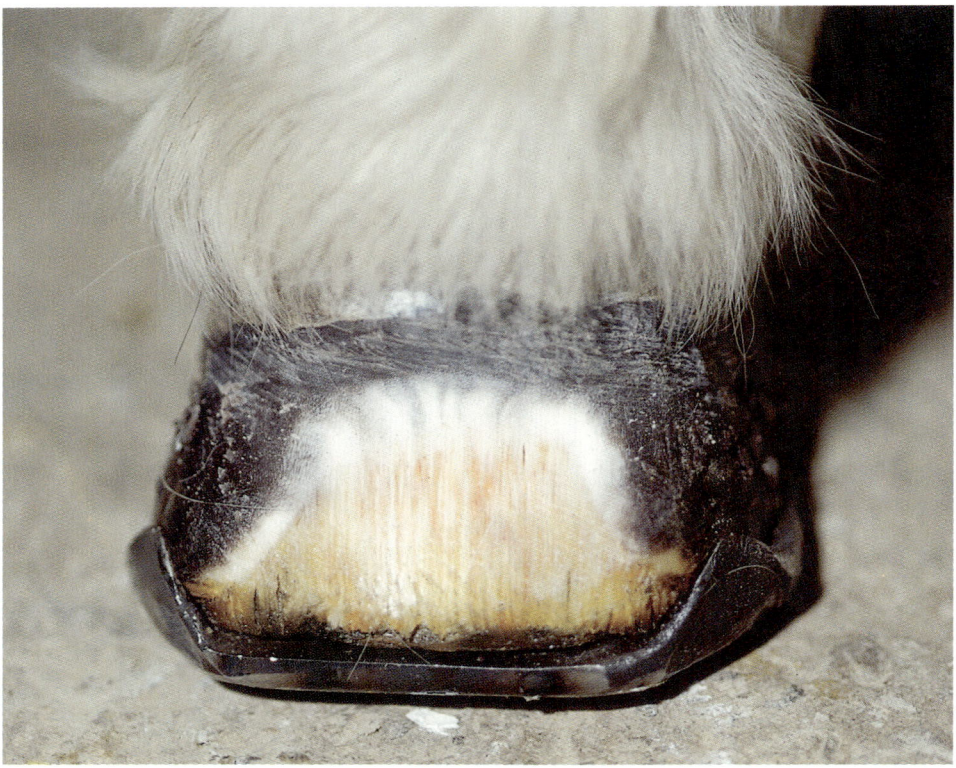

Korrekt zubereitete und beschlagene Rehehufe eines Ponys.   Foto: Assmann

Schmiede mit dieser Vorgehensweise deutliche Erfolge, ohne dem
Pferd vermeidbare Schmerzen zuzu-
fügen. Noch weiter von der allgemeinen Lehrmeinung weicht die
Theorie von Frau Doktor Hiltrud
Strasser ab: Hier wird auf Grundla-
ge der Theorie, daß Ballenfußung
die naturgemäße Hufform ist und
Beschläge jedweder Art grundsätzlich schaden, gehandelt. Beschläge
werden abgenommen und bis zu
fünf Zentimeter Horn im Trachtenbereich entfernt (also die Trachten

entfernt). Die Entzündung wird als
gesunde Reaktion des Körpers
gewertet und nicht unterdrückt.
Eine Trachtenerhöhung wird mit
Begründung des vermuteten Ab-
klemmens der zuführenden Blutgefäße abgelehnt. Das Hufbein soll
parallel zum Boden ausgerichtet
sein. Nach dieser „Richtigstellung"
des Hufbeines werden die Pferde
zur Durchblutungsförderung auch
unter Zwang bewegt. Das Abklingen der Entzündung dauert so nach
Angaben von Frau Strasser zwei bis

acht Wochen, das Erreichen eines beschwerdefreien Zustandes drei bis fünf Monate. Nach Frau Strasser ist eine vollständige Heilung nur so möglich. Nach ihren Angaben sind 53 beschriebene Fälle verschiedenen Alters und verschiedener Rassen auf diesem Weg vollständig geheilt. Die Argumentation scheint allgemein gültig und schlüssig. Dennoch vermag ich diesen Weg nicht unbedingt zu empfehlen, da er mit erheblichem und lang-andauerndem Schmerz für das Pferd verbunden ist.

Auf weitere Zubereitungen der Hornkapsel und Beschlagsmöglichkeiten wird unter Behandlung der chronischen Hufrehe eingegangen.

Schmerzmittel

Der Vorteil liegt auf der Hand: Nach Anwendung von Schmerzmitteln geht es dem Pferd sofort besser. Die Nachteile resultieren zum Teil direkt hieraus: Dadurch, daß es nicht mehr so sehr schmerzt, spaziert unser Pferd mehr herum als es sollte, die Schutzfunktion, die der Schmerz hatte, haben wir schließlich ausgeschaltet. Das Pferd ist auch weniger in der Lage, uns Aus-

kunft zu geben über die Wirksamkeit anderer Dinge, die im Rahmen der Behandlung geschehen. Ein nicht schmerzmittel-beeinflußtes Pferd wehrt sich gegen ein Zuviel an Bewegung. Wer also meint, das Pferd bewegen zu wollen, gibt kein Schmerzmittel und guckt mal, ob es mitkommt - zwingen ist falsch, sowieso, aber hier ganz besonders. Der Rückgang von Schmerzen durch korrekte Trachtenerhöhung ist ebenfalls nur ohne Schmerzmittel zu beobachten.

Schmerzen verursachen aber andererseits eine Erhöhung des Blutdrucks und ein Ausschütten von Streßhormonen, zwei Dinge, die unseren Interessen deutlich entgegenstehen. Zudem ist der Schmerz häufig auch schon beim bloßen Betrachten so unerträglich, daß man etwas dagegen tun muß. Aufheben von Schmerzen im akuten Stadium ist also durchaus sinnvoll.

Ob und wie lange Schmerzmittel verabreicht werden sollen, muß im Einzelfall entschieden werden.

Schmerzmittel werden während der Hufrehe in aller Regel gespritzt. Eine Verabreichung über das Futter gestaltet sich ja auch schwierig, wenn das Pferd fast nichts frißt. Rein rechtlich steht hierfür derzeit

zugelassen nur ein Wirkstoff zur Verfügung, das Flunixin-Meglumin. Dies ist ein starkes Schmerzmittel, welches vermutlich auch eine Wirkung auf die Endotoxine hat, also doppelt wirksam zu sein scheint. Das erprobteste und häufigst eingesetzte Schmerzmittel mit dem Wirkstoff Phenylbutazon ist leider aus rein politischen Gründen derzeit in Deutschland für den Einsatz am Pferd nicht zugelassen (fragen sie Ihren Tierarzt oder Apotheker).

Andere Entzündungshemmer

Kortison und ähnliche Präparate (Kortikoide) verschlechtern durch Zusammenziehen der Gefäße in der Zehe das Krankheitsbild. Sie sollten nicht gegeben werden.

Aus der Naturheilkunde

In verschiedenen Naturheilkundebüchern, Homöopathie-Nachschlagewerken und Selbsthilferatgebern finden sich Hinweise für den Umgang mit Hufrehe. In keinem dieser Ratgeber fehlt der eindringliche Hinweis auf die Notwendigkeit rechtzeitiger, kompetenter, medizinischer Betreuung und auf die Schwere dieser Erkrankung. Also bitte, bitte nicht erst mal zuwarten und selber rumprobieren, sondern sofort Hilfe von Schmied und Tierarzt in Anspruch nehmen. Trotzdem muß man ja als Freund der Naturheilkunde seinen Kopf nicht abschalten und kann mindestens unterstützend tätig werden.

Leider bewegt dieser Absatz sich in wissenschaftlich völlig unbelegbarem Bereich. Es soll versucht werden, unter der Überschrift „Naturheilkunde" in Umlauf befindliche Ratschläge darzustellen. Wer grundsätzlich von derartigen „Spinnereien" nichts hält, überspringt diesen Abschnitt besser. Meine persönliche Erfahrung ist zum Teil, was die Anwendung von Homöopathika und Akupunktur angeht, sehr gut. Und gänzlich unumstritten ist, daß man sich immer besser fühlt, wenn man auch selbst etwas *tun* kann.

Ein Zitat von Jen Hsou Lin hierzu:
Belanglos ist, ob ein Mittel alt oder neu, solange es Heilung bringt. Belanglos auch, ob eine Lehre aus Osten oder Westen stammt, solange sie nur richtig ist.

(Belanglos zudem, ob man dran glaubt oder nicht. Anmerkung von mir). Physiotherapeutisch werden kalte Umschläge empfohlen. Reiki, wer's kann, und Magnetfeld, wer's hat, können eingesetzt werden, allerdings bitte mit Vorsicht. Derartige Bestrahlungen können im akuten Stadium die Entzündungssymptome verstärken und damit das klinische Bild verschlechtern und die Schmerzen verschlimmern.

Bioresonanz wird unter der Annahme einer Stoffwechselstörung und eventuell einem allergischen Geschehen empfohlen, eigene Erfahrungen liegen nicht vor.

Kreislauf und Psyche können durch Reiki und / oder Berührungs- und Massagetechniken beeinflußt werden. Durch Akupunktur lassen sich der Blutdruck senken, gestörte Regelkreise beeinflussen und ganz speziell, die Durchblutung in der Zehe beeinflussen. Einzelne Punkte können hier nicht genannt werden, fragen Sie zu speziell Ihrem Pferd und seiner individuellen Erkrankung jemanden, der sich damit auskennt und in der Lage ist, eine Diagnose nach den Regeln der traditionellen chinesischen Medizin zu stellen. Er wird sich Zeit nehmen, Ihnen etwa hundert Fragen stellen, von denen aus unserer Sicht ungefähr achtundneunzig keinen Zusammenhang mit der Erkrankung haben, Ihr Pferd eingehend betrachten und dann aus seiner Sicht streng logisch behandeln. Hieraus resultierende Erkenntnisse und Behandlungsergebnisse sind häufig verblüffend.

Eine schulmedizinische Anwendung der Akupunktur, wie „bei Rehe drücke Punkt xy für zwei Minuten" muß sinnlos sein.

Homöopatisch fern-verordnen funktioniert auch nur eingeschränkt, dennoch sollen einige gebräuchliche Mittel genannt werden:

Bei Geburtsrehe
- Lachesis D30
- Echinacea D6
- Coffea D2
- eventuell Pyrogenium D30

Bei Belastungsrehe
- Rhus tox D6 oder Bryonia D6

Bei Futterrehe
- Nux vomica D6 oder D30
- Sulfur D200 alle zwei Tage
- Okoubaka D4
- Arsenicum album C12
  2x täglich (vorsichtig bei Vergiftungssymptomatik)

Bei allen Reheformen

• Gingko biloba D4.

• Gingko biloba wird andernorts als Extrakt empfohlen.

• Das Komplexpräparat Traumeel von Heel kann sinnvolle Unterstützung bieten.

Behandlung im chronischen Stadium der Hufrehe

Bestehen bereits Lageveränderungen des Hufbeines, ist die Hufrehe ins chronische Stadium eingetreten. Die Behandlung in diesem Stadium richtet sich zum einen gegen Schäden am gesamten Pferd und zum anderen gegen weitere Schäden am Huf und ein Fortschreiten der Rotation des Hufbeines.

Systemische Behandlungen

Die Veränderungen am Pferd sind häufig Blutdruckprobleme, Verdauungsstörungen und Veränderungen in der Nierenfunktion.

Einer Blutdruckerhöhung wird häufig schon durch die Gabe von Schmerzmitteln ausreichend entgegengewirkt. Besteht der erhöhte Blutdruck schon länger und nicht ausschließlich schmerzbedingt, so

muß das Behandlungsziel ein langsames Absenken sein, damit nicht mehr durcheinander gebracht wird als nötig. Hierfür stehen spezielle Medikamente zur Verfügung (beziehungsweise durch nicht vorhandene Zulassung größtenteils nicht zur Verfügung), aber dies ist ein rechtliches Problem.

Nierenschäden werden vor allem durch sinkenden Blutdruck gebessert und verschlechtern sich durch die Schmerzmittel. Ein Abwägen, wie oft und in welcher Menge Schmerzmittel eingesetzt werden, ist unbedingt nötig.

Die notwendige Ernährungsumstellung ist häufig kraß und führt so möglicherweise zu Schwierigkeiten. Ausreichende Rauhfuttermengen, kein Kraftfutter und eventuelles Beifüttern von gekochtem Leinsamen und Saftfutter helfen die Verdauung zu normalisieren.

Bricht die Hufbeinspitze durch die Sohle, müssen möglicherweise systemisch Antibiotika als Infektionsprophylaxe oder Infektionsbekämpfung eingesetzt werden.

Um den Neu- und Umbau des Hufes zu unterstützen, kann Methionin gespritzt werden. Ebenso kann es - abhängig von der Grundration, mit der das Pferd gefüttert wird -

sinnvoll werden, spezielle Hufzusatzfutter beizufüttern. Reines Biotin ist zwar teuer, bringt aber ohne die erforderlichen Keratinsulfate und Mineralstoffe wenig. Auf dem Markt sind verschiedene Produkte, die in raffinierter Zusammensetzung den Aufbau von qualitativ gutem Horn unterstützen sollen (farriers formula; grand hoof, equi 2000 biotin etc.). Die wirksamen sind auch hier leider teuer.

Behandlungen am Huf

Hat eine Rotation und/oder eine Absenkung stattgefunden oder findet sie noch statt, ist dies aufzuhalten eine sehr anspruchsvolle Aufgabe für Schmied und Tierarzt. Erstes Ziel muß es sein, einen stabilen Zustand zu erreichen. Die geschädigten Bereiche des Hufes müssen so unterstützt werden, daß ein Fortschreiten der Lageveränderung verhindert wird und nur so viel Zug und Druckkräfte wirken, daß eine Heilung möglich wird. Diese Unterstützung muß bestehen, bis die Heilung so weit fortgeschritten ist, daß der Huf alle seine Funktionen wieder voll übernehmen kann. Endziel ist der tragfähige Huf mit einem

annähernd regelmäßigen, parallelen Verhältnis von Hufbein und Hufwand.

Beim Ausschneiden eines Rehehufes sind umfangreiche Korrekturmaßnahmen erforderlich. Überschüssiges Hufhorn muß entfernt werden. Mindestens ist es notwendig, unterhalb des Kronrandes vorne auf dem Huf altes Wandhorn zu entfernen. Über dem losgelösten Aufhängemechanismus bildet sich eine gute neue Schicht, die in der Lage ist, eine ganz neue Hufkapsel zu bilden. Sobald hier nichts mehr im Wege steht, ist das neugebildete Horn mengenmäßig und in der Qualität gut und gesund. Es bildet sich zudem automatisch parallel zum Hufbein. Auf der vorderen, verschobenen Kante des Hufbeines befindet sich die Lederhaut, die nun nach ihrem Abbild, parallel zu sich selbst und damit zum Hufbein, neues Horn bildet. Ohne Entfernung des alten Hornes kann die neue Schutzschicht nicht ungestört wachsen, sondern bildet alles von sich wegschiebend eine Art Keil. Eine verbreiterte weiße Linie und deutlich divergierende Ringe am Huf sind immer ein Zeichen, daß nicht gut genug Platz gemacht wurde oder werden konnte für gleichmäßig nachwachsendes

Horn. Wird überhaupt nicht korrigierend eingegriffen, entsteht die beschriebene Spätform des Knollhufes.

Bei bisher unveränderter Hornkapsel wird mindestens - wie von Herrn Rödder beschrieben - eine sechs Zentimeter breite Rinne parallel zum Kronrand geraspelt. Es kann auch die gesamte vordere Hufwand dünn geraspelt werden. Wichtig ist, daß hier keine Druckübertragung vom vorderen Tragrand auf den Kronrand erfolgen kann.

Besonders wichtig ist, daß während des Heilungsprozesses kein Gewicht auf dem vorderen Teil des Tragrandes liegt. Es wird eine sogenannte Schwebe geschnitten. Der vordere Tragrand sollte wenigstens fünf Millimeter vom Boden entfernt sein, damit er auch bei Bewegung nicht den Boden berührt. Am leichtesten ist dies zu erreichen, wenn die Zehe im rechten Winkel zur dünn geraspelten vorderen Kontur gekürzt wird.

Die Sohle muß unbedingt geschont werden. Muß man hier etwas ausschneiden, so sollte höchstens oberflächliches, faseriges Horn entfernt werden. Am besten schneidet man die Sohle allerdings überhaupt nicht aus. Dasselbe gilt für den Strahl. Wie bereits erwähnt, gibt es zum Kürzen der Trachten alle denkbaren Meinungen. Starkes Kürzen führt zu vermehrtem Zug der Beugesehne und verstärkt die Hufbeinrotation. Stehenlassen der Trachten dagegen unterstützt die nicht bodenparallele Lage des Hufbeines und beansprucht so wieder den geschädigten Aufhängeapparat. Kürzen und künstliches Erhöhen wird ebenfalls beschrieben. Die Erhöhung der Trachten ist in jedem Fall die wirksamste Antwort auf den starken Zug der tiefen Beugesehne. Es unterbricht die Hufbeinrotation.

Ist der Huf bereits zum Knollhuf verformt, muß die gesamte Knolle vorsichtig abgetragen werden. Wenn sich das Pferd bereits länger an seine Knollen gewöhnt hat, auch in mehreren Schritten.

Kann ein Rehehuf beschlagen werden, so gilt dasselbe Prinzip. Die Zehe soll entlastet, Strahl, Ballen und Sohle belastet werden. Der klassische Rehebeschlag ist der Beschlag nach Bolz, ein Eisen mit verdickten Schenkeln und einem Steg etwa auf Höhe der Strahlspitze. Selbstverständlich schwebt die Zehe über dem Eisen, und das erste Nagelloch bleibt ungenutzt. Als ungünstig kann sich hier erweisen, daß der Steg bei deutlicher Hufbein-rotation auf die Hufbeinspitze drückt. Ähnlich ist der Beschlag nach Pflug. Bei beiden Beschlägen kann der Steg durch Huflederkitt, Werk oder Silikon unterpolstert werden. Eine Betrachtung und Pflege der empfindlichen Sohlenstelle, an der die Hufbeinspitze zur Sohle weist, ist bei beiden nicht ohne weiteres möglich. Dazu schränkt der Steg den Hufmechanismus, der ja ohnehin geschädigt ist, weitgehend ein.

Mit demselben eingeschränkten Hufmechanismus läßt sich auf andere Art noch eine stärkere Belastung des hinteren Hufteiles erreichen. Eine Möglichkeit ist das „verkehrtherum"-Beschlagen. Hier wird ein Eisen ohne Aufzüge andersherum auf den Huf gelegt und im Trachtenbereich genagelt. Diese Methode läßt die Zehe konsequent schweben. Verbessert ist es mit einer eingeschweißten Stützplatte im Ballenbereich. Diese wird wiederum unterpolstert. Noch eine gute Möglichkeit bieten geschlossene Eisen mit eingeschweißter und unterpolsterter Stützplatte.

Den zwei letztgenannten Beschlägen ist gemeinsam, daß die Sohle an der theoretischen Durchbruchstelle des Hufbeins offen und damit kontrollierbar bleibt. Außerdem ist dieser empfindliche Bereich um Eisenhöhe vom Boden entfernt. An dieser Stelle von unten Gegendruck auf das Hufbein auszuüben, fördert höchstens ein Absterben der gequetschten Lederhaut in diesem Bereich.

Zum Teil werden geschlossene Beschläge mit polsternder Platte angeboten. Eine wesentliche Verbesserung ist hier nicht zu erwarten und die Unzugänglichkeit der Sohle ein nicht zu unterschätzendes Problem.

Allen hinten geschlossenen Beschlägen, vor allem, wenn sie unterpolstert sind, ist gemeinsam, daß über dem Strahl eine Art Brutkasten entsteht. Diese Stelle wird durch den Beschlag schwer zugänglich und ist nicht ordentlich zu reinigen. Eindringender Schmutz mit allen möglichen Bakterien ist ungestört, feucht und warm untergebracht. Gammel ist vorprogrammiert. Ordentliche Pflege, so gut es eben geht, ist erforderlich. Wenigstens alle vier Wochen Erneuerung des Beschlags und gründliche Reinigung des Strahls jeweils vor dem Beschlagen können diesen Nachteil mildern. Herzförmige Eisen, die

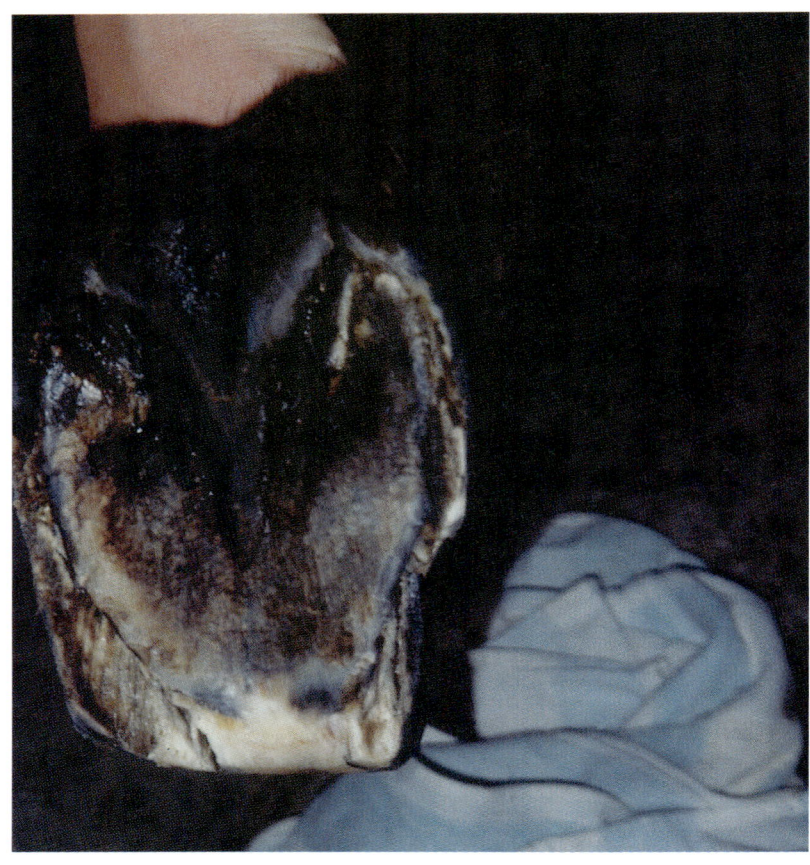

Klärchens Huf
von unten.
Foto:
Martens-Kaiser

Klärchens Huf im Röntgenbild. Die Hornwamd läuft
parallel zum Hufbein. Alles davor ist Kunsthorn
(Equilox). Foto: Martens-Kaiser

Klärchens Huf nach der Behandlung.
Foto: Martens-Kaiser

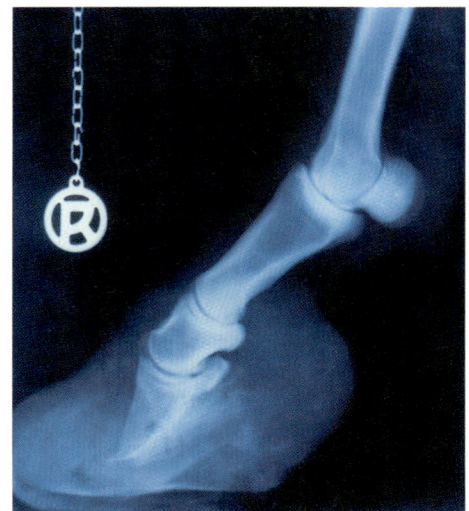

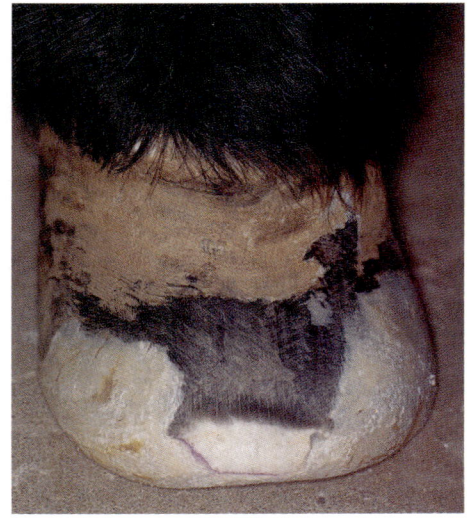

ausschließlich Ballen und Strahl belasten, waren in der amerikanischen Literatur lange die führende Empfehlung. Zum Teil sogar ähnlich einer festen Zahnspange mit Schräubchen zum Nachziehen. Inzwischen wird dieser Beschlag nicht mehr empfohlen. Unter das Eisen können Plastik oder Ledereinlagen in der Form des Eisens gelegt werden, um den Tragrand zu erhöhen und so die Sohle weiter vom Boden zu entfernen. Besonders bei einer Vorwölbung der Sohle ist dies sinnvoll. Das Nageln am geschädigten Huf ist schmerzhaft. Verschiedene Empfehlungen sprechen von Nageln mit sanftem Schlag, Verwendung kleiner Nägel oder Verwendung von Drähten, die durch vorgebohrte Löcher im Huf gezogen werden.

Um Beeinflussungen durch das Gewicht des Eisens zu reduzieren, gibt es verschiedene Versuche, mit Kunststoffbeschlägen ähnliche orthopädische Effekte zu erzielen.

Eine Alternative zum Beschlag bietet der Hufschuh. In Deutschland ist besonders die Firma Dallmer bemüht, gute Alternativen speziell für den Rehehuf zu entwickeln und anzubieten. Ein überziehbarer Schuh mit verschiedenen möglichen

Der Huf eines an Hufrehe erkrankten Islandpferdes nach 8 Monaten Behandlung. Neues Horn ist gut heruntergewachsen. Es sind kaum Reheringe zu sehen. Die Heilung ist geglückt und es kommt heute ohne Beschlag aus. Foto: Martens-Kaiser

Einlagen, zum Beispiel einer Keilplatte, wird ebenso angeboten wie ein anklebbarer „Beschlag". Man kann so ohne Schmerz und Erschütterung beim Nageln einen ähnlichen orthopädischen Effekt wie durch Eisen erzielen. Zudem läßt sich leichter druntergucken!

Chronisch veränderte Hufe mit deutlicher Rotation des Hufbeines finden zum Teil Hilfe durch verschiedene Kunsthorn-Produkte, die auch große Teile der Hornkapsel ersetzen können und vom geübten Anwender sehr gut zu modellieren sind.

Zum Teil können Pferde, von denen es keiner geglaubt hätte, wieder gut laufen und einige Lebensfreude erfahren. In unserer Praxis haben wir sehr gute Erfahrungen mit dem Präparat Equilox, welches pur oder mit verstärkender Glasfaser eingesetzt werden kann. Eine befreundete Firma, die Kaiser Hufrehabilitation, fertigt hieraus „Ersatzhufe", die Erstaunliches leisten.

Als Fallbeispiel hierzu sei Klärchen, unser Parade-Shetti, angeführt. Einige der beigefügten Fotos zeigen sie. Klärchen hatte mehrere Reheschübe, in deren Verlauf sich das Hufbein so weit drehte, daß die Spitze nun direkt nach unten zeigt. Normalerweise kann hier kein Aufhängemechanismus mehr funktionieren, und die Hufbeinspitze wäre längst durchgebrochen. Menschen, die Klärchens Röntgenbilder sehen, schütteln bedauernd den Kopf.

Dennoch läuft Klärchen seit mehreren Jahren ohne Schmerzmittel lahmfrei auf magerer Koppel und Sandplatz, hat eine gute Position in der Herdenhierarchie, einen festen Platz im Herzen der Kinder und zu allem Überfluß und ungewollt im letzten Jahr ein gesundes Hengstfohlen zur Welt gebracht, an dessen Erziehung sie arbeitet.

Sicher ist Klärchen medizinisch etwas zwischen Grenzfall und Wunder, aber sie ist ein schönes Beispiel dafür, daß Geduld und Kreativität auch manchmal ganz nützlich sein können. Mehr zu den Aussichten im allerletzten Kapitel.

Fälle mit bereits durchgebrochener Spitze des Hufbeines benötigen eine besondere Versorgung, wenn denn eine Behandlung angestrebt wird. Als erstes wird hier - unter systemischer Antibiose und Schmerzmitteln - mit desinfizierenden Verbänden gearbeitet werden müssen. Bewegung ist ganz sicher völlig gestrichen. Im weiteren Verlauf kann mit einem Deckel-Hufeisen beschlagen werden, dessen Platte abnehmbar sein muß, um regelmäßige Wundversorgung und Wechsel von Polstereinlagen vornehmen zu können.

Pferde, die auf einem oder mehreren Hufen ausschuhen, unbedingt noch behandeln zu wollen, halte ich für falsch. Wenn es möglich sein sollte, erfordert dies auf jeden Fall Gipse.

Zum Vergleich von Rehebehandlung einst und jetzt zitiere ich einen Auszug aus Fischers bereits erwähntem Vieharzt (von 1852):

Sobald man bemerkt, daß sich die Steifigkeit in den Gliedern festzusetzen anfängt, so muß man das Pferd immer in mäßiger Bewegung erhalten, und, und gibt ihm Kleie und Mehltrank zur Nahrung. Dann reibt man die steifen Glieder wenigstens des Tages viermal fleißig mit Stroh, damit die stockenden Säfte in Bewegung kommen. Früh und abends kann man auch die Schenkel mit Branntwein, worin etwas Kampfer aufgelöst, reiben, und darnach die Füße in kaltem Wasser haben. Ferner schlägt man um die kranken Theile alle Abend Lehm oder Erde herum und giebt dem Pferd Abführmittel und Klistiere. Auch muß man in keinem Grad der Rehe versäumen, Einschnitte mit dem Rinnmesser in den Huf zu machen. Weil sich die Feuchtigkeiten der zerrissenen Gefäße zwischen das Hornfleisch und den Huf einsetzen, das Hornfleisch verderben, den Knochen angreifen, und das Pferd verloren sein würde, wenn diese Feuchtigkeit durch die Einschnitte nicht abgelassen würde.

Bereits vor einhundertfünfzig Jahren hat man so viel über Hufrehe gewußt. Seit etwa fünfundzwanzig Jahren läßt sich Hufrehe experimentell erzeugen (ob man das machen darf und sollte ist wieder ein anderes Thema, aber gemacht wird's und einen guten Teil unserer heutigen Erkenntnisse haben wir aus derartiger Forschung).

Seit Aristoteles wird über Hufrehe geschrieben und gestritten, und bis jetzt gibt es keine sichere, allgemein gültige Methode!

Erkenntnisse gibt es aber eine Menge und Beeinflussungs- und Behandlungsmöglichkeiten sind heute auch besser als damals. Nutzen wir unser Wissen und achten wir auf alles, was uns wundert, vielleicht kommen wir schließlich dahin, allen Rehepferden helfen zu können. Oder besser noch, jeden Reheanfall zu verhindern. (Wohin dann mit den arbeitslosen Schmieden und Tierärzten, und wer soll die vielen neuen Pferde, die jedes Jahr geboren werden, kaufen, reiten und liebhaben?)

VORBEUGE-MASSNAHMEN GEGEN HUFREHE

In verschiedenen Beiträgen der Literatur werden bestimmte Gegebenheiten angeführt, unter denen Hufrehe leichter entsteht. Diese gilt es zu vermeiden. Wie in Kapitel drei angeführt gibt es bestimmte klassische Hufrehe auslösende Situationen, die alle Aufmerksamkeit erfordern.

Zum einen gilt als prädisponiert immer das zu fette Pferd. Weil für etwa achtzig Prozent aller Pferde in Deutschland davon ausgegangen werden kann, daß sie zum einen ohnehin zuviel zu fressen bekommen, zum anderen zuviel Eiweiß im Verhältnis zur Gesamtration erhalten, werden Fütterungsratgeber so gut verkauft. Obwohl diese Werke weite Verbreitung erfahren, größtenteils gut und verständlich geschrieben sind und offensichtlich gelesen werden, tut sich nicht viel. Hier kann und soll keine Zusammenfassung derartiger Bücher gegeben werden. Und für die, die mein Pferd kennen, welches in dieser Hinsicht eindeutig zur Mehrheit gehört, ist auch diese Ermahnung schon lustig. Es ist aber nicht lustig. Um unsere Pferde gesund zu erhalten, sollten wir sie nur bedarfsgerecht füttern und regelmäßig arbeiten. Auf der Wiese in der Sonne stehen verbraucht nicht so sehr viel Kalorien.

Als kleiner Maßstab: Beim gesunden und gut ernährten Pferd kann man die Rippen an der seitlichen Brustwand nicht sehen, aber leicht fühlen. Leicht meint nicht, wenn der Finger mit zwei Gliedern verschwunden ist und dann nur ganz wenig hin und her gebohrt werden muß. Als eine zweite Prädisposition für Hufrehe werden die spitz gewinkelte Hufform und eine flache Hufform angenommen.

Frau Doktor Strasser berichtet von einer längeren Vorschädigung des Aufhängeapparates durch zu hohe Trachten und nicht bodenparallele Stellung des Hufbeins. Sie kann dies am Modell mit einem Kräftediagramm belegen.

Zudem finden sich Hinweise auf Vorschädigungen durch längerfristig zu hohen Blutdruck, Lebererkrankungen, Fehlfunktionen der Schilddrüse und chronische Atemwegsinfektionen.

Was ist also zu tun?

• Pferde sollen am besten schlank und in guter Kondition gehalten werden.

• Sie sollen regelmäßig und angemessen arbeiten.

• Überlastungen sollten vermieden werden. Sollte eine einseitige Belastung einmal unabwendbar sein, bandagieren wir das überlastete Bein und hängen unser Pferd notfalls auf. Nach längeren Ausritten oder Transporten können die Beine gekühlt und eventuell mit Franzbrandwein abgerieben werden.

• Futterwechsel sollen wenn möglich unterbleiben. Notwendige Futterwechsel zum Beispiel im jahreszeitlichen Rhythmus werden durch langsame Gewöhnung vorbereitet. Konkret bedeutet das, daß im Frühjahr mit sehr kurzen Weidezeiten oder dem Grasenlassen an der Hand begonnen wird. Für viele Pferde ist nur eine halbe Stunde Gras am Anfang schon zuviel.

• Gefahr durch junges Gras besteht zwar überwiegend, aber durchaus nicht nur, im Frühjahr. Wenn neue Weiden nach dem Heuschnitt zur Verfügung gestellt werden oder in mildem Herbst die Koppel noch mal schön grün wird, ist dies Anlaß zur Vorsicht. Häufig hören wir von Pferdebesitzern, wenn wir im Frühherbst Hufrehe diagnostizieren müssen, ein erstauntes „Jetzt? Das ist doch eine Frühjahrserkrankung!" Unwissenheit schützt leider nicht vor Strafe, und dummerweise ist hier der Mensch unwissend und das Pferd gestraft.

• Unser Pferd sollte auch während der Weidezeit genug Rohfaser aufnehmen. Viele Pferde tun dies freiwillig, wenn ihnen Stroh zur Verfügung gestellt wird. Viele fressen auch lieber langes hartes Gras, als hellgrünes, frisches. Die erste Maßnahme ist also das zur Verfügungstellen. Einige Pferde sind in dieser Hinsicht schlicht unvernünftig und fressen frisches Gras unbegrenzt in sich hinein. Einige sogar noch, nachdem sie sich wegen der schmerzenden Füße hingelegt haben. Besitzen wir so ein Exemplar, liegt es an uns, es zu schützen. Begrenzte Weidezeit und Zufüttern von altem Heu oder Stroh sind notwendig.

• Giftpflanzen, Eicheln, Futtertonnen und ähnlich gefährliche Dinge sollten vom Pferd getrennt untergebracht werden.

• Regelmäßige Hufpflege mit Kontrolle, Ausschneiden oder Beschlagen sollte

gegeben sein. Normal sollten Abstände von vier bis sechs Wochen sein.

• Infektionskrankheiten sollten behandelt werden und ausheilen, bevor das Pferd erneut belastet wird. Vollständig belastbar sind Pferde zum Beispiel nach virusbedingten Atemwegserkrankungen oft erst nach drei Wochen.

• Aufmerksame Beobachtung von unserem Pferd und seiner Umgebung sollte so selbstverständlich sein wie das regelmäßige Gebrauchen unseres Verstandes. Wenn etwas komisch erscheint, ist es immer besser einmal zuviel zu fragen, als sich am nächsten Tag zu ärgern. (Zumal es in den allermeisten Ställen viele Menschen gibt, die uns auch ungefragt an ihrem Wissen teilhaben lassen und andernfalls morgen sowieso alles vorhergesehen haben, so daß man sich noch mehr ärgert.)

• Der Umgang mit unserem Pferd soll eher etwas zu vorsichtig als lässig sein. Auch wenn das nicht cool ist.

• Optimal ist eine Haltung, bei der die Pferde mehrere Stunden täglich die Möglichkeit zur Bewegung auf unterschiedlichen Böden haben.

• Tägliche Hufpflege durch Auskratzen, eventuell Waschen und nicht zu häufig auch Fetten sollte möglich sein. Verwendung hochwertiger Fette ist Bedingung. Je nach Haltungsform kann hier der Aufwand sehr unterschiedlich sein. Pferde, die jeden Morgen im taunassen Gras stehen, benötigen eher keine Hufbäder. Pferde, die zeitlebens im Modder stehen, benötigen vor allem Pflege für Kronrand und Fesselbeuge. Boxenpferden fehlt dagegen oft Feuchtigkeit. Gefettet wird bei allen nach dem Waschen. Trockene Hufe zu fetten ist sinnlos.

Vorbeugende Maßnahmen für Pferde, die bereits an Hufrehe erkrankt waren

• Grundsätzlich erkranken Pferde mit stattgefundener Lageveränderung des Hufbeines leichter erneut an Hufrehe als andere. Pferde, die bereits einmal eine akute Hufrehe durchgestanden haben und ohne Lageveränderungen des Hufbeins davongekommen sind, gelten nicht unbedingt als vermehrt gefährdet.

• Die korrekte Zubereitung des Hufes mindestens alle vier Wochen ist notwendig, um bei bereits bestehender Hufbeindrehung erneute Schübe zu verhindern.

• Bei bestehender Lageveränderung des Hufbeines sollte die Gewichtsverlagerung auf die hinteren Hufteile beibehalten werden. Je nachdem wie stark die chronischen Veränderungen sind, ist ein lebenslängliches Beschlagen notwendig. Gehen solche Pferde barfuß, ist es sinnvoll, in der Hufzubereitung trotzdem die Zehe schweben zu lassen. Einer Tendenz des Hufes, immer schmaler und länger zu werden, muß durch regelmäßige Korrektur entgegengewirkt werden. Die Sohle soll am besten nicht ausgeschnitten, sondern nur regelmäßig mit einer Drahtbürste von totem Horn befreit werden. Der Strahl muß Bodenkontakt haben.

• Pferde, die für erneute Hufreerkrankung prädisponiert sind, erfordern besondere Umsicht in der Haltung. Am idealsten hält man solche Pferde auf einem Sand- oder Spänepaddock und in einer gut eingesteuten oder mit Sand/Späne gefüllten Box. Auf eine normale Weide gehören solche Pferde nicht. Sicher ist es individuell möglich, chronische Rehepferde auf einer mageren Koppel laufen zu lassen. Bewegen sich die Pferde in einer Herde, so schickt man zuerst alle anderen zum Abfressen auf das neue Weidestück,

bevor das Rehepferd hinaus darf. Einen - zu dicken - Freund, um die Isolationshaft zu teilen, dabei zu haben, wäre ideal. In vielen Freizeitreiteranlagen gibt es ohnehin mehr betroffene Pferde, die sich Paddock und Magerweide teilen können.

Gefüttert wird absolut eiweißarm und nie mehr als nötig. Futterwechsel sind weitestgehend zu vermeiden. Wer meint, seinem hungrigen Pferd kleine Futtermengen nicht antun zu können, hilft sich mit Saftfutter (Rote Beete, Möhren) und eventuell einem der auf dem Markt befindlichen „light"-Produkte. Diese sind speziell so ausgelegt, daß Pferde mit geringem Eiweißbedarf mit ansprechenden Rationen gefüttert werden können. Dafür ist solches Futter etwas teurer. Wird das angebotene Rauhfutter so schnell gefressen, daß viel langweiliger Tag nachbleibt, helfen Äste zum Knabbern, Bälle und anderes ungefährliches Spielzeug. Pferde, die in der Lage sind schmerzfrei herumzulaufen, sollen gearbeitet werden und eine Aufgabe haben. Sie bleiben so gesünder und fühlen sich besser. Am besten achtet man auch hier darauf, die Zehe zu schonen. Früher wurden Ackerpferde

nach der Hufrehe, wenn sie sie überlebten, für leichte Zugarbeiten auf weichem Acker eingesetzt. Heute reitet man auch bevorzugt weichen Boden, wie Reithalle oder Waldwege. Asphalt, Schotterstraßen und feste Sandwege gehören nicht unter den Rehehuf. Welche stärkeren Belastungen dem Pferd zugemutet werden können, muß von Fall zu Fall entschieden werden. Sicher gibt es Ponys, die auch nach der Hufrehe mit Begeisterung springen. Distanzpferde mit chronischer Hufrehe sind dagegen erheblich seltener.

• Transporte sollen nur in gefederten Fahrzeugen und nicht über lange Strecken durchgeführt werden.

• Eine Verwendung einer chronisch rehekranken Stute zur Zucht ist nicht zu empfehlen. Die Stoffwechselveränderungen während der Trächtigkeit sind erheblich, und die Gewichtszunahme um wenigstens zehn Prozent ist unvermeidbar. Trotzdem gibt es auch hier Beispiele, daß es funktioniert.

HEILUNGS-CHANCEN, ZUKUNFTSAUS-SICHTEN UND TIERSCHUTZ

Bei rechtzeitiger Erkennung ist es manchmal möglich, akute Hufrehe innerhalb einiger Tage zu heilen. Leider ist dies die Ausnahme.

Bei der Mehrheit aller Hufreheerkrankungen wird ein chronisches Stadium mit Lageveränderungen des Hufbeines erreicht. Durch konsequente Behandlung ist auch hier Heilung möglich. Zum Teil werden durch Hufumformungen belastbare Zustände erreicht, in denen eine Parallelität zwischen Hornkapsel und Hufbein wieder gegeben ist. Hoffnung gibt es also immer und Geduld ist manchmal nicht die schlechteste Medizin.

Zum Teil werden Endzustände erreicht, die zwar mit Heilung nichts zu tun haben, aber stabil und belastbar sind und dem Pferd ein schmerzfreies Weiterleben ermöglichen.

Klar sein muß aber, daß es sich immer um längere Heilungsverläufe

handelt, an deren Ende eben auch ein Mißerfolg stehen kann. Klar sein sollte auch, daß ein an Hufrehe erkranktes Pferd immer anders als gesunde Pferde gehalten werden muß und höhere Ansprüche an Versorgung und Pflege hat.

Dazu kommt noch, daß viele Pferde nach einer Hufrehe ihre ursprüngliche Leistungsfähigkeit nicht wieder erlangen.

Wer Pferde so hält, daß sie einen wirtschaftlichen Zweck erfüllen, kann, um es grob zu sagen, mit einem chronisch rehekranken Pferd nichts anfangen.

Die Mehrheit der Leser verfolgt hoffentlich keinen wirtschaftlichen Zweck mit ihrer Pferdehaltung und interessiert sich deshalb aufrichtig für alles Machbare.

Im Vordergrund sollten bei der Betrachtung des Machbaren immer die Belastungen für das Pferd stehen. Im folgenden soll vor allem darauf eingegangen werden, wie für ein chronisch an Hufrehe erkranktes Pferd die Zukunftsaussichten sind. Akute Fälle, die innerhalb weniger Tage, ohne chronische Schäden zu hinterlassen, abklingen, sind sicher keine Streitfragen. Akute Rehe sofort zu behandeln ist immer richtig. Erst beim Einsetzen chronischer

Veränderungen oder ausbleibendem Therapieerfolg muß man sich fragen, wie weit Behandlung und Tierschutz vereinbar sind.

Hufrehe ist immer stark schmerzhaft. Hufrehe heilen zu wollen, ist in aller Regel ein Prozeß, der sich über mehrere Monate erstreckt, wobei nach ein bis zwei Wochen Schmerzfreiheit erreicht werden kann. Eine derartige Behandlung ist nur zumutbar, wenn der Erfolg wahrscheinlich ist. Um dies abzuschätzen, ist zum Beispiel der Grad der Hufbeinrotation wichtig. Statistisch sagt man, daß bei Hufbeinrotationen von bis zu 5,5° eine normale Einsatzfähigkeit des Pferdes sehr wahrscheinlich wieder erreicht werden kann. Bei Rotationen zwischen 5,5° und 11,5° ist man hier nicht mehr so sicher. Hufbeinrotationen über 12° lassen häufig einen Einsatz als Reitpferde nach der Behandlung unwahrscheinlich erscheinen. Hiervon gibt es aber natürlich Ausnahmen.

Weiterhin ist es für den Ausgang des Heilungsprozesses entscheidend wichtig, ob es zu Infektionen kommt. Bricht die Hufbeinspitze durch die Sohle, ist hier eine große Gefahr für Infektionen vorhanden. Die Heilungsaussichten sind damit deutlich schlechter. Noch schlechter werden sie, wenn eine derartige Infektion auf das Hufbein übergreift.

Infektionen kommen auch durch die geschädigte weiße Linie in den Huf und können so den Heilungsverlauf erheblich verschlechtern. Natürlich ist auch in derartigen extremen Fällen Heilung theoretisch möglich und zum Teil praktisch geglückt, aber um welchen Preis?! Behandlungszeiten von ein bis zwei Jahren müssen gerechnet werden.

Wenn es zum Ausschuhen kommt, sind die Aussichten ebenfalls schlecht. Auch hier ist Behandlung möglich und in Einzelfällen geglückt. Diese glücklichen Fälle haben bis zur möglichen Heilung etwa zwei Jahre in Gipsen und überwiegend liegend verbracht. Was im übrigen auch nicht umsonst ist.

Es gibt auch Pferde, die mit allen meßbaren Parametern gar nicht so krank zu sein scheinen. Geringe Absenkung und Rotation des Hufbeines, keine Infektionen, keine Komplikationen, aber unbeeinflußbare, sehr starke Schmerzen. Weiter daran herumdoktorn kann in Quälerei ausarten.

Ebenso gibt es Fälle, in denen es scheinbar grundlos während der

Behandlung zu neuen Reheschüben kommt. Dies ist besonders bei älteren Pferden der Fall und kann mit hormonellen Fehlregulationen von Schilddrüse und Hirnanhangsdrüse zusammenhängen. Ein Behandlungserfolg ist dann irgendwann nicht mehr abzusehen.

Einige der schweren Fälle entwickeln Funktionsstörungen von Niere und Leber, weil sie nicht (mehr) in der Lage sind, richtig zu entgiften. Schmerzmittel über längere Zeiträume können ziemlich zerstörerisch wirken. Andere kriegen große, infizierte, offene wund - gelegene Stellen, die das Wohlbefinden sicher auch beeinträchtigen.

Dazu gilt für alle Pferde, daß sie als Bewegungstiere gebaut sind. Länger andauernde (eventuell liegend verbrachte) Boxenruhe zieht Schäden nach sich. Pferde, die bereits Arthrosen haben, verschlechtern diese. Einige entwickeln Atemwegserkrankungen, die Lunge wird ja nun über längere Zeiträume nicht während eines Galopps maximal belüftet (und anschließendes kräftiges Abschnauben entfällt auch). Der gesamte Verdauungskanal wird ebenfalls beeinträchtigt, wenn sich ein Pferd nicht regelmäßig bewegt.

Das klingt jetzt alles ziemlich hoffnungslos und so, als sollte man sein Pferd lieber gleich erlösen. So ist es ausdrücklich nicht gemeint. Ich finde nur wichtig, daß man sich bewußt macht, was man tut und worin die Folgen dieses Tuns bestehen. Wer quälende Behandlungen zuläßt, ohne Erfolgsaussichten oder Bereitschaft zu eigenem hohen Einsatz, macht einen Fehler (für den wie so oft das Pferd bezahlt). Es darf nicht vergessen werden, daß es auch möglich ist, sein Pferd „zu lange zu lieben". Eben hiervor müssen wir uns hüten.

Betrachten wir also ehrlich und kritisch:

• Wie schwer ist die Erkrankung meines Pferdes?
Ausführungen hierzu sind hinreichend gemacht worden.

• Wie wahrscheinlich ist der Heilungserfolg?
Fragen Sie Ihren Tierarzt und einen zweiten Tierarzt und Ihren Schmied.

• Wie starke Belastungen für das Pferd sind zu erwarten?
Das hängt auch davon ab, wie Ihr Pferd mit der Situation umgeht. Ist

Klärchen

es ein gelassener, fröhlicher Typ, der Behandlungen eben hinnimmt und sich über jeden Besuch freut, oder wird er schnell grätzig und böse auf Alles und Jeden (ist ja im Prinzip auch verständlich, macht die Belastungen für ihn und uns aber schlimmer)? Welche Belastungen entstehen können, ist bereits ausgeführt.

• Wie gut sind meine Möglichkeiten, den Heilungsverlauf zu unterstützen?
Kann eine optimale Unterbringung des Patienten gewährleistet werden? Ist im Stall eher Ablehnung oder eher Mithilfe zu erwarten? Wenn man sich für eine Klinik entscheidet, ist sie so nahe gelegen, daß man sein Pferd wirklich regelmäßig besuchen kann. Hat man kooperative Schmiede/ Tierärzte zur Verfügung?

• Wieviel Pflegeaufwand bin ich längerfristig bereit, diesem Pferd zu geben, das ich ja nicht reiten kann?
Reite ich in der Zwischenzeit andere Pferde? Bleibt genug Zeit für den Patienten? Wegstellen kann keine Lösung sein. Das Pferd ist an Zuwendung und an Menschen

gewöhnt. Man sollte schon wirklich bereit sein, auch nach längerer Frist noch Zeit und Mühe auf das kranke Pferd zu verwenden, andernfalls kann man es auch gleich sein lassen. Häufig erleben wir hohen persönlichen Einsatz in den ersten Tagen und Wochen, der dann, erst begründet (Mathearbeit, viel zu tun, Auto in der Werkstatt, schlechtes Wetter), später aus Bequemlichkeit erheblich nachläßt. Das hat das Pferd nicht verdient. Können oder wollen Sie solchen Einsatz nicht bringen und haben auch niemanden dafür, bedenken Sie dies rechtzeitig. Ein halbes Jahr kann ziemlich lang sein.

• Inwieweit bin ich bereit, mich später in Haltung und Nutzung auf die veränderten Ansprüche meines Pferdes einzustellen?

Ein Pferd, das nur gesund werden soll, wenn es wieder Sport treiben kann, hat von vornherein schlechtere Aussichten.

• Wie alt ist mein Pferd?

Pferden, die bereits über zwanzig Jahre alt sind, längere Heilungsprozesse zuzumuten, kann sinnlos sein. Die Lebenserwartung ist möglicherweise nicht groß genug, sich längerfristig am Heilungserfolg zu freuen.

Zwanzig ist eine ungefähre Grenze. Es gibt durchaus fitte Pferde, die mit Mitte zwanzig eine Hufrehe überstehen und bis deutlich über dreißig regelmäßig arbeiten. Vor allem Shettis werden manchmal sehr fit sehr alt.

• Wie viele Krankheiten hat es schon?

Bereits dämpfige oder chronisch lahme Pferde leiden stärker unter der notwendigen Ruhe. Reine Boxenhaltung kann für sie sehr belastend sein.

• Wie soll ich das bezahlen?

Wenn alle anderen Fragen für das Pferd im Sinne einer erfolgreichen Behandlung beantwortet werden konnten, sollte sich hier hoffentlich auch eine Lösung finden lassen.

Grundsätzlich gibt es einige Beispiele erfolgreicher Heilung, versucht werden sollte sie immer. Man muß nur bereit sein abzubrechen, was immer sinnloser und quälerischer wird.

Auch weit jenseits aller anerkannten medizinischen Grenzen gibt es in einigen Fällen Möglichkeiten. In diesem Sinne: Mit Grüßen vom Klärchen viel Glück. Es gehört einfach auch dazu.

LITERATUR

LITERATUR

Baxter, G.M.:
Diagnosis and treating acute laminitis
Veterinary medicine, Oktober 1997, S. 940 ff

Bartmann, C.P. u. Ohnesorge, B.:
Geburtsrehe - wann ist Prophylaxe erforderlich?
Praktischer Tierarzt, 1996,77, S. 79-82

Baxter, G.M.:
Reevaluating our methods of managing
acute laminitis
Veterinary medicine, Oktober 1996, S. 935-939

Becvar, W:
Wir heilen Pferde natürlich
Österreichischer Agrarverlag, 1997

Budras, K.D.:
Light and electron microscope of keratization in the
laminar epidermis of the equine hoof, with referen-
ce to laminitis
American veterinary journal, 50, S.1150 ff

Budras, K.D.:
Pathogenese der Belastungsrehe und Folgerungen
für den prophylaktischen Hufbeschlag
Vortrag im Rahmen der XII. Tagung über Pferde-
krankheiten im Rahmen der Equitana 1997

Dallmer, H.:
Neue Wege der Hufbehandlung
2. Auflage 1993, Selbstverlag

Eaton, S.A.:
Digital starling forces and Hemodynamics during
early laminitis induced an aqueous extract of black
walnut in horses
Am Vet. Journal, Vol 6, No. 10, 1995, S. 1338-1344

Ende:
Die Stallapotheke
Müller Rüschlikon, 6. Auflage, 1982

Fischer, F.:
Der sicher und geschwind heilende Vieharzt, 1852

Gerweck, G.:
So bleibt Ihr Pferd gesund und vital
Franckh-Kosmos, 1995

Hermans, W. A.:
Hufpflege und Hufbeschlag, Ulmer, 1992

Hertsch, B., Höppner, S. u. Dallmer, H.:
Der Huf und sein nagelloser Hufschutz
1996, Dallmer Selbstverlag

Hertsch, B.:
Ursache und Pathogenese der Hufrehe
Vortrag im Rahmen der Hufbeschlagstagung 1994
in Dortmund

Hertsch, B.:
Anatomie des Pferdes
FN Verlag, 1992

Hickman, J.:
Der richtige Hufbeschlag
BLV, 1991

Hood, D.M.:
Neue Erkenntnisse zur Pathophysiologie
und Therapie der Rehe
Praktischer Tierarzt 2/1983, S. 101 ff

Hood, D.M. u. Slater, M.R.:
Descriptive epidemiological study of
equine laminitis
Equine veterinary journal, !995, 27:5, S. 364 ff

Huskamp, B. u. Assmann, G.:
Die Behandlung der Rehe in der Praxis
Praktischer Tierarzt, 4/1990 XXI, S. 61 ff

Launer, Mill, Richter:
Krankheiten der Reitpferde
Deutscher Landwirtschaftsverlag Berlin 1990

Knesevic, P.F.:
Orthopädie bei Huf und Klauentieren
Tagungsberichte Wien 1983
SchlüterscheVerlagsanstalt

Lehr- und Handbuch der Hufbeschlagskunst
Stuttgart, 1861

Meeting report 11th annual bluegrass
laminitis, Symposium
Journal of equine veterinary science, 1997
17:1, S. 12, 13, 17

Owens, J., G., u. Kamerling, S.G.:
Effects of ketoprofen and phenylbutazon on chronic
hoof pain and lameness in the horse
Equine veterinary journal, 1995, 27:4, S. 296 ff

Peloso, J. G:
 Case-control study of risk factors for the
development of laminitis in the contralateral limb
in Equidae with unilateral lameness
JAVMA, Vol 209, No. 10, 15, 1996, S. 1746-1749

Polzer, J. u. Slater, M.R:
Age, breed, sex and seasonality as risk factors for
equine laminitis
Preventive Veterinary Medicine, 29, 1996, 179-184

Rödder, F.:
Gesunder Huf, gesundes Pferd
Müller Rüschlikon, 3. Auflage 1995

Rödder, F.:
Ohne Huf kein Pferd
Müller Rüschlikon, 5. Auflage, 1995

Snader, M.L.:
Pferde natürlich behandeln und heilen
BLV, 1996

Stashak, T.S.:
Adams Lahmheit bei Pferden
4. Auflage, Schaper Verlag

Strasser, H.:
Neue Aspekte zur Entstehung von Laminitis bei
Pferden unterschiedlicher Rassen
Tierärztliche Umschau, 4/1997, S.191 ff

Strasser, H.:
Huforthopädie, Heilen ohne Beschlag
Beate Danker Verlag, 1991

Thomson, A.:
Laminitis symposium challenges traditional views
Equine Athelete, 1997 10:2, S. 30, 31

Weiss, D. J.:
Equine Laminitis: A Review of recent research
Equine practice, 1/1997, Vol. 19, S.16 ff

Register